華仙公主夜話
その麗人、後宮の闇を討つ

喜咲冬子

富士見L文庫

目次

神々しいほどに美しい娘であったという。

中原《ちゅうげん》に数国が割拠するこの時代を、のちの世は五皇《ごこう》時代と呼ぶ。

その一角をなす基照国《きしょうこく》の高祖《こうそ》・唐孟貴《とうもうき》は、中原の南東を拠点とする武将であった。彼の前半生は、周辺の豪族らとの争いに終始している。

唐氏はある時、戦場で美しい娘を助けた。故郷に送り返そうとしたところ、娘が示したのは、仙人らが住まう仙境《せんきょう》・凰仙山《ほうせんざん》であった。

仙人。人ならざる者。不可思議な力を持つ謎の一族。

眩《まば》いばかりに美しい娘は、仙人の娘だったのだ。

仙境は、豪族らの領土拡大により、未曾有《みぞう》の危機を迎えていた。唐氏は義憤から、仙人らが仙境を移すまでの間、武力をもって保護することを約束する。

仙人らは唐氏に深く感謝し、彼の覇道をひそかに助けることで恩に報いた。

——ふりかかる呪いから、百年そなたの血族を守ろう。

そして、今。

基照国建国より、九十五年が経とうとしていた。

序　未来の宰相

李《り》伯慶《はくけい》は、ある女性を探している。

華《か》仙公主《せんこうしゅ》――と呼ばれているらしい。

年齢不詳。公主というからには今上帝の息女であるはずだが、記録にその名は出てこない。噂によれば、御落胤《ごらくいん》であるとかないとか。生母も不明。かつては後宮に住まっていたが、今は皇都《こうと》の興京《こうけい》を離れ、宮廷との関わりも断っているという。

たどれる限りの伝手《つて》をたどって調べているものの、いまだ有力な情報は得られていない。

「私も詳しくは存じません。ただ、座れば花、微笑めば花。仙女のごとくお美しい方であったとか。かつては後宮にお住まいであったとも聞いておりますが……」

「月の光も恥じらうほどの、古今比類なき美貌《びぼう》――と上役が申していたのを記憶しております。後宮の古参ならば、多少の情報もあるかと思うのですが……」

「眩いばかりの佳人であったそうでございます。月に住まう天女もかくやと称《たた》えられ……」

入ってくる情報は、不必要なものばかり。

今日も今日とて、公主様のお美しさを称える言葉をさんざん聞かされた。

お美しい。眩いばかりに麗しい。天女だ、女神だ、仙女だ。

美醜など、どうでもいい。

用があるのは、彼女の特殊な能力だけだ。

仙人が持つという、不可思議な力。他はどうでもいい。なんだったら、角が生えていようと目が光ろうと構わない、と思っている。

「足労だった。また新しい情報が入ったら、教えてもらいたい」

爽《さわ》やかな笑顔で、伯慶は無能な者たちを見送った。

しかし、笑みも束の間。扉が閉まった途端、チッと舌打ちをする。

（どいつもこいつも、まったく使えん！）

李伯慶。千州《せんしゅう》の商都・桂門《けいもん》の海邑《かいゆう》に代を重ねる商家の長男。統慶《とうけい》二年の国試で首席合格を果たした秀才である。

『大基照国清明百官典範《だいきしようこくせいめいひやつかんてんぱん》』に曰《いわ》く『大臣以上、万民を導く高官は、その在任が五年を数うれば、労に報いて金五百を与ふ』。在任五年を一日も超過することなく宰相の座を下りた羽《う》氏は、後任に副官の一人であった李伯慶を指名した。

現在は引き継ぎ期間の最中で、正式な任官は来月吉日。宰相の証《あかし》である璧《へき》を譲りうけたのちとなる。

基照国の歴史上、最年少の宰相が間もなく誕生しようとしていた。

(今日も収穫なしか……)

さて。その李伯慶は、熱心に人探しをしている。

この人探しには、国の命運がかかっている、と言っても過言ではない。

(いや、諦《あきら》めてたまるか。絶対に見つけ出してやる)

興京の北に位置する黄天城《こうてんじょう》の東に、基照国の政治を司《つかさど》る清明殿《せいめいでん》はある。その中庭の小ぶりな離れが、宰相の執務室だ。

伯慶は、書棚の書簡を三つ抜き取り、書簡の奥に隠されていた錠つきの文箱《ふばこ》を取りだした。懐《ふところ》の鍵束のうち一つを使い、蓋《ふた》を開ける。

中に入っているのは、代々の宰相が引き継いできた機密文書だ。

公主探しの手がかりは、この文書の中にしかない。

事の起こりは、宰相を引き継ぐことが内定したその日のことである。

羽氏づきの司書であった伯慶は、宰相が扱うあらゆる情報に精通していたつもりだ。しかし、文箱の機密文書には、そんな彼にとっても未知の事実が多く記されていた。

伯慶は、そのいくつかの情報の一つとして、謎の公主の存在を知った。

――紫旗《しき》様の身に危機が迫った時には、華仙公主を頼れ。

――公主だけは紫旗様を裏切ることはない。同じ血を持つ彼らの絆《きずな》は母子よりも強い。

紫旗、とは皇太子の雅称である。その座に就くと、即位の日まで名を封じられ、紫旗、とのみ呼ばれる。当代の紫旗は十二歳の少年だ。

公主が宮廷を離れた後、彼女を政治的に利用しようとした者がいたらしい。へそを曲げた公主は消息を絶った。やっと最近になって、七年ほど前から桂門の湖邑《こゆう》にいると判明したそうである。機密文書には彼女自身が残したという、面会の際に必要な暗号も記されていた。

伯慶は、当初この情報を重視しなかった。公的な記録もない、謎の公主を頼る必要を感じなかったからだ。

ところが、にわかに事情が変わった。

「まさか、百年の加護が実在する契約であったとはな……」

伯慶は、壁に向かってひとりごちた。ついでに「あのクソジジィめ」とつけ足す。

基照国には、ある伝説が残っている。高祖が仙人を助けた返礼に、その不可思議な力を借りて国を建てたというものだ。仙人たちは高祖に、百年の加護を約束したという。

たしかに、基照国には仙道局《せんどうきょく》という組織が存在する。属するのは、黒い袍《ほう》に、黒い冠。黒い薄絹の面布《めんふ》で顔を覆った、仙道士《せんどうし》、と呼ばれる者たちである。

これまで伯慶は、彼らを寺の僧侶《そうりょ》と同種の、経文を唱えるだけの存在だと思っていた。この認識は、宮廷に仕える百官に共通しているはずだ。仙道局との接触は原則として禁じられており、詳しく彼らのことを知る機会もない。

そもそも呪詛《じゅそ》だのまじないだのは、無意味な、気休め程度のものに過ぎない。ありがたがるのは、無知蒙昧《むちもうまい》の証である。

だが、呪いは実際に機能している――らしい。

機密文書を読んだ伯慶は、呪詛が確かに存在し、仙道士があらゆる呪詛から宮廷を守っていることを知ってしまった。伝説だと思っていた百年の加護は、生きていたのだ。

間もなく、基照国は建国九十五年を迎える。

つまり、あと五年で、仙人らの加護は終わるということだ。

（どうりで退職金をもらうなり、さっさとジジィが逃げるわけだ）

霊的な加護を失った国がどうなるのか、伯慶には想像もつかない。

ただ、前任の羽氏は「五年経ったら、お前も逃げろよ。退職金には間に合うからな」と笑顔で言っていたので、危機的状況が訪れることは間違いないのだろう。

（期限は五年後のはずだ。……くそ、なんだってこんなことに）

伯慶は、机の上の配置表をにらんだ。

そこには、紫旗が古都へ行啓する際の人員が記されている。

今、危機に晒《さら》されているのは、この次期皇帝たる紫旗なのだ。

凡庸な今上帝では、国の未来を守れない。

古今のあらゆる文献に通じた国試出身の伯慶の耳には、国が壊れゆく音がはっきりと聞こえている。無能で賄賂《わいろ》三昧《ざんまい》の役人たちと、お人よしの皇帝が国を傾けた。

この国には、優秀な為政者が必要だ。

幸いにも、紫旗にはその資質が十二分にある。利発で聡明《そうめい》。国の未来を背負うに相応《ふさわ》しい存在である。

紫旗の即位こそが、国の存続に不可欠だ――と伯慶は思っている。

なんとしても、紫旗を守りたい。

しかし、機密は機密だ。清明殿の人間を頼ることはできなかった。

――今こそ、華仙公主を頼るべきだ。

基照国最後の宰相など、まっぴらごめんである。

伯慶は、怒涛《どとう》の勢いで公主を探しはじめた。

頼みの羽氏は、引き継ぎ期間がはじまったその日に故郷へ戻ってしまった。「引退したら、畑からはじめて、ソバ打ちするのが夢なんだ」と常々言っていたので、開墾する土地でも探しに行ったものか。消息が知れない。

これまで自力で集められた情報は、公主様がお美しい、という一事のみである。公主探しは暗礁に乗り上げていた。

コンコン、と扉が鳴った。

入れ、と声をかけると扉が開き、紺の官袍《かんぽう》姿の文官が入ってきた。迎える伯慶も同じ官袍を着ている。違うのは冠の色と形だけだ。

「あぁ、行司書《ぎょうししょ》か。待ちわびたぞ」

伯慶は笑顔で出迎えた。

半月前に、適当な任務にかこつけて桂門に派遣した文官である。

今度こそ有益な情報が得られそうだ。

さ、と伯慶は笑顔で席を勧めた。しかし、文官はその場で改めて拱手《きょうしゅ》の礼を取る。

「お役に立てて光栄でございます。今後とも、なんなりとお申しつけくださいませ」

「堅苦しいのは苦手だ。そう畏《かしこ》まるな」

伯慶は、長椅子に腰を下ろし、卓の上にある壺《つぼ》の蓋を開ける。さ、と改めて席を勧めると、中の菓子を見た文官は「柑皮《かんぴ》でございますね。桂門では、よく茶うけに出て参りました」と目を細め、やっと腰を下ろした。

桂門は、千州の州都である。李伯慶にとっては、生まれ故郷でもあった。

「さっそくだが、話を聞かせてくれ」

伯慶は身体を前に倒して、報告を待つ。

「いやいや、さすがは李司書。商家のご出身なのに、我々農民出の官吏にまでお優しい」

「よせ。同じ国試出身者。清明殿に上下はあっても貴賤《きせん》はない」

「なんとご立派な。同輩の間でも李司書のお人柄を称える声が絶えませぬ」

柑皮を一つつまんで口に放り、文官は「美味《おい》しゅうございます」と笑顔を見せた。報告のはじまる気配はない。

「そなたも国試ではよい成績だったではないか。今回は私なりに人を選んだつもりだ」

「光栄でございます。しかし、農民出では出世の天井も知れたものです。書類整理で一生を終える貧民出身の連中に比べれば、ずいぶんましではございますが——」

「……報告書を見せてくれるか？」

ムダな会話も業務のうちだが、今は時が惜しい。伯慶は笑顔で文官の言葉を遮った。

「あぁ、これは失礼を。こちらでございます」

文官が差し出した書類を受け取り、伯慶はすぐ様目を走らせた。

パラパラとしばし音が続く。

集めさせたのは、千州桂門において相次いでいる、犯罪組織壊滅に関する資料であった。

「桂門の様子はどうだった？」

報告書に目をやったまま、伯慶は文官に尋ねた。

「話に聞いておりました通り、大層賑《にぎ》やかでございました。それでいて過ごしやすく、なんといっても飯が美味《うま》い。隠居いたしましたら、ああした町に住みたいものです」

千州桂門。伯慶が知る限り、お世辞にも治安がよいとは言えない土地である。人と物の出入りの数は、中原《ちゅうげん》屈指だ。商都の常で、禁制の薬や酒、果ては人まで、違法な売買組織が集う土地でもあった。

近年、国内の犯罪発生率は右肩上がりだ。

しかし、この桂門だけは違う。数年で劇的に犯罪の発生率を下げていた。

正確に言えば七年前からで、桂門のうち湖邑地区の数字が著しい。

華仙公主が桂門の湖邑に居を移したのが七年前。

犯罪組織の壊滅が続発しだしたのも七年前。

この二つの事実には、なにか意味があるのではないだろうか？——と最初に気づいた時、伯慶は己の考えが突飛すぎると苦笑したものだ。

だが、千州桂門は、代々紫旗の直轄領である。

そして、華仙公主は、紫旗の庇護《ひご》者だという。

さらには、現在の紫旗がその座に就いたのは、七年前。時期も一致する。

笑い飛ばす余裕はない。藁《わら》にもすがる思いで、伯慶は文官を派遣したのだ。

「この、禁制の薬物を売りさばいていた組織についてだが……本拠地が焼かれたのか？　詳細が知りたいのだが。『焼失』と書かれている。ん？……これもだな。……人身売買の組織の拠点が『焼失』」

「はぁ。現場を見て参りましたが、奇麗さっぱり、でございます。賊の巣窟《そうくつ》だった建物だけ焼かれておりました」

「これもだ。これも……『焼失』……『焼失』……『焼失』」

バサバサと報告書をめくり、伯慶は「どんだけ焼く気だ」と呆《あき》れ顔になった。

「しかし、不思議なことに延焼は一軒もございません。桂門では、紫旗様のご威光だ、ともっぱらの噂です」

「なるほど。……紫旗様のご威光か」

「はい。紫旗様は桂門の民に深く愛されております。絵姿が売られ、聡明な少年神が活躍する芝居も大入りだそうで。離宮も、参拝客で大層賑わっておりました。無病息災。商売繁盛。厄除《やくよ》けまで願う者が後を絶たぬとのことでございます」

桂門の人々は、治安のよくなった町を見て『紫旗様のご威光』を感じている、という。

もちろん、伯慶は『ご威光』が湖邑を守っているとは思っていない。犯罪組織を壊滅させているのは、生身の人間に決まっている。

「指揮を執っているのは誰だ？　この報告書には、恭《きょう》将軍、とある」

「千州軍桂門湖邑警護軍の恭叔賢《しゅくけん》、という男です。切れ者で、数年前にはじまる組織の壊滅も、ほとんどこの男が関わっております」

ふむ、と伯慶は髭《ひげ》のない顎《あご》をなでた。

「会ったか？　この恭という男に」

「いいえ。警護軍の屯所を訪ねましたが、不在でございました。なんでも、独自の調査をしているとかで、いつ現れるものか同輩もわからぬと言うのです。そこで、残りの日程は、この恭将軍を探して歩き回ったのですが……少々お待ちを。あぁ、これでございます」

文官は懐から紙片を取り出した。覚え書きをしていたようだ。

「北大路《きたおおじ》の祥福楼《しょうふくろう》という酒楼によく顔を出すそうです。そうそう、ここの女主《おんなあるじ》が、大層な美貌《びぼう》で知られて――いや、これは失礼を。本筋と関係ない話でございました」

――美貌の女。このところ、続けざまに何度も耳にした言葉だ。

「続けてくれ。その、女主は美しい女性なのだな？　会えたか？」

堅物で知られた李伯慶が、美女の話に食いついたのが嬉《うれ》しかったのか、文官は相好を崩し、また柑皮を一つ口に放った。

「若い娘だという者もあれば、寡婦だという者もあり、年齢はわかりません。仙女のように美しいだとか、女神のように美しいだとか――」

稀《まれ》なる美女。仙女だ、女神だ、と誰もが称《たた》える美貌の持ち主。

伯慶が連日耳にしてきた無意味な賛辞が、この時、にわかに意味を持った。

「そなた、仙女のように美しい女を見たことがあるか？……私は一度としてない」

ごくり、と柑皮を飲み込んで、文官は「ございませんねぇ」と残念そうに言った。

「上役などは、手前の女房は中原一の美女だと誇っておりますが。まぁ、ご多分に漏れず、実物は十人並みだともっぱらの噂でございます」

くくく、と文官は口を押さえて笑った。

そう。稀であるべきだ。傾国の美女・王貴人《おうきじん》を描いた美人画ならばともかく、生身の女だ。百人が百人、口を揃えて褒め称えるほどの美女など、そこいらに転がってはいない。

——高祖《こうそ》が救った仙人の娘は、神々しいほどに美しい娘であったという。

「その、女のことを教えてくれ」

「従業員を引き連れて、七年前に楼《みせ》を構えたそうでございます。よそ者ながら、仕入れは多少値が張っても近隣の店を利用して、敵を作らなかったとかで」

数年前。

華仙公主が桂門に移った時期とも重なる。

「よくやった。行司書。礼を言う。ついでで悪いが、これを見てくれ」

いったん席を立ち、伯慶は机にあった書面を、長椅子の前の卓に置いた。

「あぁ、離宮へのご参拝の警護配置図でございますね。……私が見てもよろしいのですか？　まだ私、六等司書でございますが……」

遠慮深いことを言いながらも、文官は卓の上の書類を目で追っている。

「構わない。なにか気づいたことは？」

文官は「おや。随行されるのは鄭《てい》夫人に変わりましたか」と眉《まゆ》をしかめた。

この感情は、伯慶も共感できる。慣例に従って迎えられた紫旗の二人の夫人は、すこぶる仲が悪い。

当初、行啓の随行は洪《こう》夫人に決まっていた。これが直前に変更になったのだから、水面下で激しい争いがあったに違いない。――と文官は考えたのだろうし、伯慶もそう思った。

「他は？」

文官はもう一度じっくり文書を見て「問題は見当たりませぬ」と結論を出した。

「仙道士がいない」

伯慶がそう言うと、文官は「あぁ」と然程《さほど》驚きもせず、うなずいた。

「さようでございますね。ですが、さしたる問題でもありますまい」

護衛に黒い服でも着せてはいかがですか、と言って文官はのんきに笑った。

笑っている場合ではない。

仙道士がいなければ、紫旗は霊的な守護を受けることができないのだ。

今までこのようなことはなかった。建国以来、一度たりとて。

伯慶は「桂門に行く」と言って、立ち上がった。

「い、いや、しかし、譲壁式《じょうへきしき》まであと半月。引き継ぎで、学ぶことも多うございましょう」

「この三年、実務は私がすべて代行していた。今更学ぶことなどあるものか。国を守らんで、なにが宰相だ」

かくして未来の宰相・李伯慶は桂門へと向かったのであった。

謎の公主――華仙公主を求めて。

第一幕　祥福楼の女主

笠《かさ》から垂れた薄絹が、風にさや、と揺れた。

祥明花《しょうめいか》は、賑やかな北大路《きたおおじ》を歩いている。

七月の初めの午後。やや陽射しは強いが、湖から吹く風は心地よく涼しい。

風に乗って、果実を甘く煮た香りや、こんがりと焼いた肉の香りが漂ってくる。豚に鶏。濃厚な甘だれに、ネギを焦がした香味だれ。所せましと並ぶ商家街から聞こえる威勢のいい掛け声。客引きが叩《たた》く太鼓も騒がしい。

千州《せんしゅう》の州都・桂門《けいもん》。

桂門は縦に長く、大きく三つの地区に分かれる。最も北にある湖邑《こゆう》は、四州にまたがる巨大な子葉湖《しようこ》に接する町だ。その中央から北に走る北大路は、湖邑の目抜き通りである。

「明花小姐《ねえさん》、ご機嫌よう」

糖菓子屋の隠居が、曲がった腰をさらに曲げた。

「ご機嫌よう、ご隠居。いい日和ですね」

明花は笠に手を当て、会釈を返す。

すれ違った後「はァ、眼福眼福」と隠居が呟《つぶや》いたのが聞こえた。

こうした反応には慣れている。振り返りもしなかった。

祥明花。北大路の南にある酒楼・祥福楼《しょうふくろう》の女主だ。

湖の朝もやに似た淡い青の濃淡でまとめた着物と裳《も》。落ち着いた青磁の色の袍《ほう》。当世風の軽やかな袖《そで》飾りをひらめかせながら、人ごみを縫って北に進んでいく。

（下手な尾行だな）

すれ違う人々と挨拶《あいさつ》を交わす間、三日月の形に保たれていた唇が、薄絹の奥で不機嫌に曲がった。

楼《みせ》の前から、後をつけてくる者がいる。

（また栄華軒《えいがけん》の色ボケじじいか？）

緑小路《みどりこうじ》の茶屋の隠居が、財産すべてを譲るから、と後添えになるよう迫ってきたのは春先の話だ。記憶に新しい。

昨年の秋は、南大路《みなみおおじ》の画商の寡夫。

その前は楓《かえで》小路にある乾物屋の跡取り息子だったか。

週に一度、楼から茶館《さかん》に向かう明花を待ち伏せし、恋する瞳《ひとみ》でついてくる男は珍しくない。多ければ年に数人は出現するのだから、慣れたものだ。

路《みち》の向こうから、飴《あめ》売りの屋台がやって来た。父の跡を継いだばかりの若者は、大層な健脚で、屋台の速度は去年よりも格段に速くなった。

「飴ー、飴ー、飴はいらんかねー。李《すもも》に、杏《あんず》。一つ食べりゃ頬は桃色。二つ食べりゃ王貴《おうき》人《じん》も真っ青の、別嬪《べっぴん》さんになっちまう。飴ー、飴ー、飴いらんかねー」

勢いよく通り過ぎる飴売りの屋台を避《よ》けるふりをして、女はちらりと後ろを見た。

慌てたように、松葉色の袍が物陰に隠れる。

(違うな。また新手か)

尾行の気配を感じながら、明花は人々の間を縫って歩いていく。

飴を買おうとした童《こども》が、屋台を追いかけていった。

「さァさ、寄ってらっしゃい、見てらっしゃい。そこ行く小姐、太太《おくさま》、老爺《だんなさま》。決して損はさせないよ。小明神の大活躍! 間もなく開幕! お見逃しなく!」

ぴぃひょろぴぃ、と笛の囃子《はやし》が賑《にぎ》やかな芝居小屋の前で、明花は足を速めた。袖飾りがひらひらと舞う。

小路に入ってまいてやろうか。いや、こんなことで道を変えるのも癪《しゃく》だ。

「饅頭《まんじゅう》ー、饅頭ー、蒸したての饅頭はいらんかね。北部の豆をコトコト炊いた、美味《おい》しいあんこがたっぷりだ。中原《ちゅうげん》一のこの美味《うま》さ。お疑いなら一口どうぞ」

酒蒸しの香りが漂う饅頭屋の前を通り、さらに北へ向かう。

目指すは、湖邑一の高級茶館・醴泉茶館《ほうせんきかん》だ。

週に一度、ここで午後のひと時を過ごすのが、数年来の習慣である。

朱色の門に、翡翠《ひすい》の瓦《かわら》。ひときわ目立つ華やかな建物の前で足を止めた。馥郁《ふくいく》たる茶の香りが、鼻に届く。

（茶館の中までついてくる気か？）

茶館での時間を邪魔されたくない。しかし茶の前では、皇帝だろうと兵士だろうと等しい存在だ。追い返すのは無粋だろう。

「いらっしゃいませ、明花様。今日はよいお日柄で」

出迎えたのは、福々しい茶館の館主だ。うっとりした目で「また今日は一段とお美しい」とつけ加えていたが、聞き流しておいた。

ひとまず尾行者のことを忘れ、明花は館主の案内で二階へと上がる。

薄絹を垂らした笠は被《かぶ》ったままだが、これもいつものことだ。館主や常連客も、その美貌ゆえに明花が余計な苦労をしていることをよく知っている。見咎《みとが》める者もない。

桂門は中原最南の、外洋に接する港である。南海を渡ってきた船の多くが錨《いかり》を下ろす。港の一帯は海邑《かいゆう》。子葉湖に接する一帯は湖邑。海邑と湖邑を結ぶ運河の両側は道邑《どうゆう》である。海と湖、二つの港を持つ桂門は、基照国《きしょうこく》経済の要所で、交通の要所でもあった。

遥《はる》か五百年の昔、既に『天下の百華百品、桂門に集う』と評されたほどに、海外、内陸、北から南、東西各地の名品が集う土地である。

名物と呼ばれるものは数多いが、特に茶葉は中原一の取引量を誇っている。湖邑のあちこちにある茶館は、その象徴とも言えた。高級店は商家街に。大衆店は下町に。茶館は地域の社交場としての機能も担っている。

湖邑一の目抜き通り、北大路の真ん中に位置するここ醴泉茶館は、指折りの高級店である。出入りするのは、この界隈《かいわい》で成功を収めた商人がほとんどだ。

「もう少し暑くなるかと思ったが。風が涼しい」

「湖のありがたい恵みでございますねェ。本日は、金菖蒲《きんしょうぶ》か、百葉《ひゃくよう》あたりをお勧めいたします」

「では、金菖蒲を」

茶は茶館に入ってから、その日の気分で選ぶ。朝、昼、夕。天候や季節によって変化をつけるのが桂門流だ。苦味の強いもの。まろやかなもの。香りの強いもの。甘みのあるもの。高ければ高いなりの茶葉は手に入るが、金にあかして高級な茶をありがたがるのは無粋とされる。

さて、その醴泉茶館の二階、窓際の三番目の卓。ここが指定席である。

他の席から見えにくい位置にある卓だが、ご丁寧に透かし彫りの衝立《ついたて》まで運ばれてくる。明花が落ち着いて茶を飲めるよう、いつの頃からか館主が用意するようになった。

「どうぞ、ごゆるりとお過ごしください」

目尻《めじり》を下げた館主が拱手《きょうしゅ》の礼をして、下がっていく。

明花は白くたおやかな指を、黒絹で編んだ笠紐《かさひも》にかけた。

笠を外し、横の卓に丁寧に置く。

露《あら》わになったのは、白磁よりもなお白くなめらかな肌に、形よく通った鼻梁《びりょう》。豊かで艶《つや》やかな髪。優雅な弧を描く眉。そして一際目を引く、長い睫毛《まつげ》に縁どられた冬の夜空のような瞳であった。

その美貌《びぼう》は、乙女のように清げであり、それでいて良家の細君のように落ち着いている。

茶娘が、茶器を運んできた。

白磁の急須《きゅうす》と、翡翠の色の杯が二つ置かれた。

ここ醴泉茶館では、卓ごとに茶娘が給仕につく。鮮やかな萌黄《もえぎ》の裳に、白い袍。耳の後ろで二つに丸めた髪。桂門の茶娘は、皆同じ格好をしている。

翡翠色の茶杯に注がれたのは、こっくりとした黄金色の茶だ。

豊かな色と、立ち上る香りを確かめ、明花はうなずいた。希望通り、と伝えるためである。気に入らぬ場合は、口をつける前に申し出るのが作法だ。茶娘が「ありがとうございます」と一礼した。

羽扇を脇に置き、明花は細い指で茶杯を手に取った。

のちの話になるが、桂門出身の若き詩人は、この佳人を以下のように形容している。

緑峰《りょくほう》の髪。呉景《ごけい》の肌。値万金。

墨の玄《くろ》さの神髄とされるのが、北部産の緑峰だ。そして白磁の至高といえば東部産の呉景である。墨のごとき黒髪、白磁の肌、とは、秀でた美人を形容する常套句《じょうとうく》だ。類稀《たぐいまれ》なる美しさを表すために、それぞれ最高峰の名品を並べ、感動の量を金銭に譬《たと》えるあたりは、商人の町出身の感性だろうか。

明花は窓の外に目をやる。賑やかな北大路が一望できた。

桂門に根を下ろして七年になる。『掃除』の甲斐《かい》あって、町の空気も変わってきた。変化を感じながら、ゆっくりと茶を味わう。この上ない癒《いや》しの時間である。

不意に、階下から「早く通してくれ」と耳障りな声が聞こえた。

衝立に彫られた鳥の尾羽の合間から、商人風の男が二階に上がってくるのが見えた。茶館で主《あるじ》より先に歩くとは、無礼な客である。

松葉色の袍。あからさまな尾行で茶館の前までついてきた、あの男だ。早く案内しろ、と横柄に言いながら、客のいる卓をじろじろと見ている。

(しつこいヤツだ)

明花は紅《あか》く染めた爪で、卓をカッカッと叩く。

流行に敏感な桂門の男が、松葉色の袍など着るものか。土地の者ではないだろう。商人を装いながら、頭布《とうふ》の根本の結び目が縦になっているところなど、尾行だけでなく変装も下の下である。商人は験を担ぐものだ。

「なんでもいい。とにかく、高い茶を出せ。急いでくれ」

態度も最悪だ。居丈高な商人など、明花は生まれてこの方見たことがない。

商人を装った小役人、といったところか。

郷試あがりの田舎者には、よくいる類だ。この手の男は、上役相手に頭を下げ、相手が商人となるとふんぞり返る。

並みの人の耳には届かないかもしれないが、明花の耳は敏《さと》くできている。「おい。あそこに座っているご婦人は……」と小役人は茶娘に尋ねていた。ムダなことだ。醴泉茶館ほどの高級店で、客のことをみだりに話す茶娘などいはしない。

「よォ、明花」

名を呼ばれ、明花は目線だけを上げた。影を落とすほど長い睫毛が、二度上下する。

衝立の上に、ぬっと顔が現れた。天を衝《つ》くような大男である。

どっかりと向かいの席に座った男の名は、恭叔賢《きょうしゅくけん》。筋骨隆々。堂々とした体軀《たいく》の男だ。頬に大きな傷があり、博徒の親玉のような貫禄《かんろく》である。たくしあげた袴《はかま》に、虎の刺繡《ししゅう》が入った袍。腰にさした四本もの剣。こう見えて千州軍の中将で、桂門湖邑警護軍、恭五団の団長である。

湖邑警護軍は、町の治安を守るのが務めだ。

もちろん、警護団のすべてが、彼のように好き勝手な格好をしているわけではない。彼以外の将官や兵らは、規則通り黒い着物に赤銅色の胴当てを身に着けている。

この恭叔賢、変わり者ではあるが、敏腕だ。制服を着た将軍の十倍は働く。この格好も、博徒らと関わるのには都合がいいらしい。

「ご苦労だな、叔賢。なにか変わりはあったか？」

週に一度、この男も同じ時間に茶館へとやって来る。

明花と『掃除』の情報を交換するのが目的だ。縁あって手を組むようになり、つきあいは七年に及ぶ。

毎週のことで、茶娘も慣れている。明花と叔賢にそれぞれ一礼してから下がっていった。

「南澳《なんおう》の連中を潰《つぶ》してからは、からきし荒事もねェ。今夜の計画が上手《うま》く運べば言うことなしだ。……しかし、なんだ、アイツは。変装でもしてるつもりか？」

叔賢の目が、不審な小役人に注がれる。

「楼から尾行してきた男だ」

「ありャ役人だな。田舎の小役人ってとこか。そういや、アンタ、先週言ってたよな。役人が日に何度も楼を訪ねてくるって。そいつじャねェのか？」

「楼に訪ねてきた役人は、清明殿《せいめいでん》の一等官しか知らない暗号を口にした。最低でも大臣級の高官――にアレが見えるか？」

無遠慮にこちらを見たかと思えば、こちらが見れば慌てて目をそらす。なにもかもが小者然としている。

「まァ、大臣サマにャ見えねェな」

叔賢はそう言って、置いてあった茶杯に、自分で茶を注いだ。

一口に杯を干し「美味い」と言ったが、すべての茶に同じことを言う男である。

「目障りだ。茶が不味《まず》くなる」

「アンタが門前払いしやがるからだろ。かえって面倒なことになってるじゃねェか」

「役人は嫌いだ」

そこに音もなく、別な茶娘が近づいた。

「おゥ、照柯《しょうか》。アンタも来てたのか」

叔賢が手を挙げて挨拶《あいさつ》すると、茶娘に扮《ふん》した女は表情を変えずに会釈を返した。

丹《たん》照柯。明花の腹心の部下である。年齢のわかりにくい容姿をした、小柄で細身の女だ。目鼻立ちに大きな特徴がなく、身ごなしに気配もない。変装に長《た》け、今も萌黄の裳《も》の茶娘に扮し、茶館に溶け込んでいた。

尾行する男に気づいた照柯は、明花より一足先に茶館で待機していたのだ。

「照柯。あの不愉快な男を連れ出せ」

「かしこまりました」

照柯は廊下を歩く茶娘から、ひょいと盆ごと茶器を奪った。

「あら……？」

「すみません、茶器は無事にお返しします。これは、お詫《わ》びに。お納めください」

照柯は朱赤の巾着《きんちゃく》を、茶娘の空いた手の上に載せる。ぽかんとしていた茶娘は、巾着の重さに目を輝かせ、くるりと背を向けた。

照柯は身軽に廊下を歩いていく。

歩きながら、急須の茶を器用に杯へ注いだ。

そうして、例の小役人の頭上で、杯の中身をぱしゃりとまく。

「うわぁ！　熱ッ！　な、なんだ⁉」

小役人は悲鳴を上げ、椅子から転がり落ちた。

照柯が、素早く小役人を助け起こす。

「大変失礼いたしました。お許しを。お召し物をお取替えしましょう。さ、こちらへ」

どうぞ、どうぞ、と照柯は小役人を抱えるように、奥へと案内する。抗《あらが》っているようだが、無駄なことだ。彼女の拘束は、死に物狂いになろうと逃れられるものではない。

「いつもながら、呆《あき》れるほど器用だな。アイツ、掏摸《すり》の才能あるぞ」

鮮やかな照柯の技に、叔賢は気の抜けた賛辞を贈る。

「行くぞ。多少締め上げれば、すぐに吐くだろう」

茶杯に半分ほども茶を残したまま、明花は席を立った。すぐに笠《かさ》を被《かぶ》る。

「さっさと吐いてくれりゃいいが。ひょろッとしたのは苦手だぜ」

すぐ折れるからなァ、と叔賢は言っていた。

明花は「折るなよ」と釘《くぎ》をさしておいた。この大男、荒事になると簡単に人の骨を折ってしまうから困りものだ。

「明花様。今日はお早いお帰りで。あぁ、恭将軍も」

騒ぎを知らない館主が、笑顔で挨拶にくる。館主と茶娘たちに見送られ、明花は薄絹の下に笑みをたたえつつ茶館を出た。

一度角を曲がってから、裏手に回る。

もう、頬の笑みは消えていた。

茶館の裏では、照柯が小役人の胸倉をつかんでいた。足が宙に浮いている。

「ひぃぃいい」

叔賢と明花の姿を見て、小役人は情けない悲鳴を上げた。

この丹照柯、なんでもこなす稀有《けう》な人材だが、どうにも人の扱いがうまくない。

「殺すなよ」

念のため止めておかないと、左手一本で首をへし折りかねないところがある。

照柯がいったん手を放す。

糸の切れた傀儡《くぐつ》のように、ぺしゃりと小役人はへたり込んだ。

よし、ここはオレがと叔賢が場所を替わった。こちらはこちらで心配だ。叔賢が小役人の胸倉をつかんでぐいと持ち上げる。再び足が浮き「ぎゃあ！」と悲鳴が響く。

「コソコソ嗅《か》ぎまわりやがって。なにが目的だ？」

「なんでもありません！　なにも！　決して、なにも！」

間近で見ても、小役人にしか見えない。本気で怯《おび》えている。

「そう何度も聞きゃしねェぞ？　誰になにを頼まれた？」

「ちゃ、茶を、飲みにきただけです。こ、高級茶館で茶を、一度でいいから……」

「オレは見ての通り、荒事が得意だが、実は拷問の方がもっと得意でな。試すか？」

ひぃ、と小役人は、また悲鳴を上げた。

この程度の肝で、よく喧嘩《けんか》など売れたものだ。明花はゆっくりと歩きながら、歌うように話しかけた。

「湖畔の町では、人がごく簡単に姿を消す。方法は簡単だ。まず——生きているうちに、砂を水で溶いて飲ませる。無論、好んでは飲まぬゆえ、漏斗で流し込むのだ。腹が膨らむまでな。——それから、壺《つぼ》に身体を折りたたんで入れる。隙間に、水で溶いた砂を詰め込み、蓋《ふた》を蠟《ろう》でしっかりと固めるのだ。あとは、舟で『楽園』へ向かうだけ——あぁ、その筋の者は、湖の底を『楽園』と呼んでいるそうだが……どうだ？　お前も行ってみるか？」

いよいよ小役人は震えあがった。

ガタガタと歯を鳴らしながら「お許しを……」と繰り返す。

「砂を飲むより、吐く方が楽だと思うがなァ」

叔賢は、ずい、と小役人に顔を近づける。

「ほ、本当に、高い茶を、飲めと……本当です。祥福楼から出てくる美女のあとをつけろと……金をもらって……」

「誰に頼まれた？」

「存じません。ただ、まだ若い、優男で――」

小役人が必死に言葉を紡ごうとした、その時である。

「こっちです！　あそこで、善良な市井の民が、博徒にからまれてます！」

通りで叫ぶ声が聞こえた。

明花と叔賢は、顔を見合わせる。

「博徒というのは、お前のことだな？　叔賢」

「少なくとも、お前さんのことじゃねェな。見た目だけはお上品だ」

この恭叔賢、風体は博徒の親玉にしか見えないが、れっきとした千州軍の中将だ。邑兵《ゆうへい》に囲まれたところで痛くもかゆくもない。

だが、面倒事は困る。

規則的な複数の足音が聞こえた。優秀なる邑兵らが、早くも駆けつけたようだ。

「迅速に対応した邑兵を褒めてやれ。――あとは任せた。先に帰る」

「おゥ。どうも面倒くせェことになってやがる。――『掃除』の前に一度顔を出す」

「せいぜい獄に繋《つな》がれんようにな」

明花は「うるせェ」と毒づく叔賢に手を振り、通りとは逆に走り出した。後ろに照柯も続く。

裏路地は狭いが、整然としている。盗賊対策として、裏手に箱や樽《たる》を放置しないよう商家街で取り決めているからだ。

建物と建物の間に、背の高い頑丈な木戸が設置されているのも、同じ理由である。

明花は薄暗い細い路地を、袖《そで》飾りをはためかせながら走っていく。

茶館の裏の木戸が、行く手に立ちふさがっていた。

明花は速度を落とすことなく、とん、と右の壁を蹴《け》り、とん、とすぐ様左の壁を蹴って高く跳ぶ。まるで天女が空に舞い上がるように。

軽々と木戸を跳び越えた後は、音もなく着地した。すぐ後ろに、照柯も続く。

二人の影は、湖邑の裏通りに消えていった。

祥福楼は北大路の南側、大路に接した角地にある。

入り口に飾られた、『福』と金字が書かれた紅提灯《ちょうちん》が目印だ。

建物が六角で、三階までの吹抜けになっている。一階は庶民のための大衆食堂だ。ほかほかと蒸籠《せいろう》から上がる湯気。人々の笑い声。カラリと揚がった炸子鶏《とりのからあげ》に、甘だれが空腹を誘う叉焼肉《やきぶた》。名物の肉まんじゅうが次々と卓に運ばれていく。

二階は、商人や貴族、役人が利用する階だ。席数は少なく、広い空間が卓ごとに仕切られている。

三階には、女主の書斎と住まいがある。

裏口から入った明花は、奥の私室から書斎に戻った。

「おかえりなさいませ」

「おかえりなさいませ、明花様」

小柄な侍女が二人、それぞれに手燭《てしょく》を持ったまま、膝《ひざ》を曲げて礼をする。

黄瑛《こうえい》に青瑛《せいえい》。双子の姉妹だ。下の酒楼で働く従業員とは別に、身の回りの世話をさせるために雇っている。まだ幼さの残る丸顔や、少し上を向いた鼻。顔もそっくりな上に、背格好や声音までよく似ている。楼《みせ》を構える前からのつきあいだが、明花は時折どちらが姉でどちらが妹かを間違える。当人たちが面白がって工夫をこらすせいで、毎日が謎ときだ。

今日は姉が桃色の袍《ほう》で、妹が橙《だいだい》の袍。先週は逆だったのを覚えている。

夕暮れには早いこの時間。彼女たちには、一日の中で最も重要な役目を任せていた。書斎にある、無数の蠟燭《ろうそく》に火を灯《とも》す作業だ。

姉妹は、止めていた手を動かしはじめる。

ぽぅ、と優しく火が灯った。

一つが終われば、その次に。また一つ終われば、その次に。

書斎の左右、壁一面。膝の高さと、腰の高さと、胸の高さの三段になった長い棚が置かれている。どの棚にも、びっしりと蠟燭が並んでいた。

明花は、長椅子にゆったりと腰を下ろす。

キィ、と小さく音がして、照柯が裏の扉から書斎に入ってきた。乳白色の火入れを載せた盆を持っている。他の従業員と違って、彼女は扉を叩《たた》かない。

照柯は、螺鈿《らでん》の煙草盆に火入れを置いてから、姉妹たちの作業を手伝いはじめた。

煙草盆を引き寄せ、明花は煙管《キセル》に手を伸ばす。

(面倒なことになったな)

この数日、明花はある客の度重なる来訪を無視し続けている。秘密の暗号を口にする一等官。従業員の話では、目鼻立ちの整った青年だそうだ。

あの尾行してきた小役人は、恐らく高官が派遣したのだろう。圧力のつもりか。

——ここにいるぞ。

居丈高な男の声が聞こえてくるようだ。

(清明殿の連中は、いつもそうだ)

自分の信じる正義を、万民の正義だとばかりに振りかざす。奉仕を強いて、報いることを知らない。土足で人の心を踏みにじり、悲鳴は聞こえぬふり。

もううんざりだ。

正義と名のついた私利私欲のために、指一本たりとも動かしたくはない。

煙を深く吸い込み、細く吐く。

既に、部屋の灯《あか》りはもれなく灯っていた。

黄瑛が「ご酒をお持ちしましょうか？」と優しく尋ねる。

「いや、茶にしてくれ。金菖蒲がよい。茶館で飲みそこなった」

明花が答えると、かしこまりした、と応《こた》えて表の扉から出ていく。いや、今のは妹の青瑛だったろうか。もう一人も続いて出ていったので、見失ったままになった。

三階の書斎には、二つの扉がある。吹抜けを囲む階段につながる表の扉と、明花の居住空間につながる裏の扉。裏の扉を使うのは、明花の他に照柯しかいない。

ふぅっと輪になった煙を吐く。

不意に照柯が、表の扉の前で首を傾げた。

「……明花様。階下《した》でなにかあったようです」

目を閉じて耳を澄ます。明花の耳には、いつもより階下が騒がしいことしかわからない。

そこに、階段を駆け上がる軽い足音が聞こえた。

照柯が扉を開けて迎える。上がってきたのは桃色の袍を着た姉だ。

「明花様！　またあの客が来ています！」

あの客、と姉が鼻にシワを寄せて言うのは、秘密の暗号を口にした高官のことだ。何度門前払いしても諦《あきら》めないので、楼ではすっかり嫌われている。

「それが、『茶館の裏路地の件で、お詫《わ》びしたい』と店の者に言ったそうです。それから、『次は楼にお邪魔致します』と……」

尾行からはじまる一連のつきまといは、やはりあの客の差し金だったようだ。

(気に入らんな)

身勝手で傲慢《ごうまん》。いつもの輩《やから》と同じ臭いがする。

「追い返せ。会う気はない」

しっしっと明花は手を横に振った。こんなバカバカしい挑発に、乗る義理はない。

また照柯が表の扉を開けた。橙の袍の妹が、息を切らしている。

「明花様。一階で酔客が暴れております。叔賢様を呼びに人をやりましたが、間に合いますかどうか……」

(さっそく次の手できたか)

予告通り、楼で騒ぎを起こす気らしい。忌々《いまいま》しいことだ。柳眉《りゅうび》が不機嫌に寄った。

照柯が絨毯《じゅうたん》ほども厚い窓幕をよけ、外を確認した。明花の位置からも、夕映えの町並みが見える。

「まだ日は沈んでおりません。私が参りましょう」

「いや。よい。私が行く」

明花は煙管を置いて、ゆったりと立ち上がった。錦《にしき》の帯にさした羽扇を手に取る。白孔《く》雀《じゃく》の大振りな羽に、柄に紫玉をあしらった羽扇は、美貌《びぼう》を半ば隠した。

（これ以上、青二才の好きにさせてたまるか）

売られた喧嘩は買ってやる。

「照柯。鈴を」

「は」

ゆったりと呼吸をし、目を閉じた。

眉間《みけん》のシワは消え、つり上がっていた眉《まゆ》は緩やかな弧に戻る。ぱちりと目を開けば、黒曜石の瞳《ひとみ》に星がまたたく。うっすらと口元に笑みを刷《は》くのが、桂門商人の戦支度だ。

酔客に手を焼くようでは、楼主など務まらない。

表の扉を照柯が開ける。明花は吹抜けの階段の上から、階下の様子を見た。

楼は満員御礼。どの卓にも蒸籠や皿、酒の瓶子《へいし》が並んでいる。

「なんだぁ？　この店は、客に虫入りの羹《あつもの》を出すのかよ？」

「こんなでっけぇ虫、食えってのか？　冗談じゃあねぇぞ！」

すぐに問題の酔客は見つかった。

いかにもな風体の、ならず者が四人。従業員二人を相手に怒鳴り散らしている。

（こいつらも、桂門の者ではないな）

今や名の知れた人気店だが、味と価格だけで成功できたわけではない。

祥福楼では、制服を着た邑兵が入店した際、日に一人一つ肉まんじゅうを進呈している。仕事帰りや昼休みに、邑兵たちは制服姿のまま、気軽に祥福楼に立ち寄るようになった。お陰で、酔客も羽目を外しはしないし、店の娘たちに下品なふるまいもしない。評判が評判を呼び、いつしか女性客も足を運ぶ繁盛店になった。

客と楼の間には、信頼関係がある。酔客の近くにいる客も、席を立つ気配はなかった。すぐに収まると思っているのだろう。

信頼には、応えねばならない。

照柯が、大小の鈴をいくつもつけた輪を、しゃん、と鳴らす。

音を合図に、明花はゆっくりと階段を下りはじめた。

誰かが「楼主だ」と口に出した途端、階下にざわめきが広がった。

祥福楼の女主《おんなあるじ》の隠された美貌を、この界隈《かいわい》で知らぬ者はない。男性客は老いも若きも席を倒す勢いで立ち上がり、身を乗り出す始末だ。

羽扇で顔を隠していても、髪の艶《つや》やかさや、肌の白さ、眉が描く弧の美しさは知れた。誰しもの目を奪う美貌だ。とりわけ、長い睫毛《まつげ》に縁どられた冬の夜空のような瞳には、人の心をとらえて離さない魅力がある。

騒いでいたならず者たちも、美女の登場に呑《の》まれて、ぽかんと口を開けていた。

「本日は、桂門の数ある酒楼から、この祥福楼をお選びいただきましたこと、心より感謝申し上げます。日頃より、皆皆様の舌とお腹と心を満たす酒と料理をお届けすべく従業員一同励んでおりますが――なにやら、粗相のあった様子。平にご容赦くださいませ」

歌うような口上を終え、優雅に一礼する。

明花は階段の最後の一段を下り切り、そのままならず者たちに近づいていった。

あれほど騒がしかった楼は、水を打ったように静まり返る。

ならず者たちの前に立ち、明花はにっこりと微笑んだ。

「祥福楼の楼主でございます。この度はご満足のいく料理を提供できず、大変失礼を致しました」

麗人の柔らかな笑みに虚を衝《つ》かれた男たちは、互いに顔を見合わせた後で、やっと体勢を立て直した。

「お、おぅ、そうだ。虫が……なぁ、お前ら！」

「そうだ。この羹だ！　でっけぇ虫が入ってたぞ！」

明花は男の太い指が示した卓の上の器を見て「それはそれは。まことに申し訳ございません」と大仰に言った。

「その、大きな虫が入っておりましたのは、こちらの器でございますね？」

さらに近づいて確かめようとしたところ、ならず者の一人が、器を手で払った。

ガシャン！　器は床で砕け、蟹《かに》や蝦《えび》を丁寧に煮込んだ、風味豊かな香りがあたりに漂う。

ひく、とかすかに明花の頬がひきつった。早朝から従業員たちが仕込んだ料理は、床にまかれるために作られたものではない。

明花は左手を軽く上げ、背後の照柯に合図を送った。

――と同時に。

明花はくるりと身体の向きを変えると見せかけ、器を払い落した男に近づいた。そして、男の鳩尾《みぞおち》へ、羽扇の柄を強《したた》かに打ちつける。

ぐぅ、とも、げぇ、ともつかぬ音とうめき声を、しゃん、と鳴った鈴の音がかき消す。

袖《そで》と袖飾りは軽やかに舞った。人の目には、ならず者が突然倒れたように見えただろう。

「お、おい、どうした？」

「バカ野郎。だから飲み過ぎんなって言ったんだ！」

仲間たちが近づいてくる。明花は、またくるりと身体の向きを変えた。袍の袖がふわりとふくらんだのに合わせて、一番近くにいた男の鳩尾を肘《ひじ》で突く。

また、しゃん、と鈴が鳴る。

最初に倒れた男の上に、覆いかぶさるように二人目も倒れた。

「あれ。まぁ。ご酒が過ぎましたご様子。――お前たち、代わりの羹はもうよいから、こちらのお客様を介抱して差し上げて」

ふいに、視界が暗くなった。

「おいおい。潰《つぶ》れるほど飲むたァ無粋な連中だぜ、まったく」

倒れた男二人をつまみ上げたのは、巨漢の恭叔賢である。

よい壁ができた。

残るは二人。手近にいた一人の脛《すね》を蹴《け》り、身体が傾いだところを狙って、首の後ろに手刀を見舞う。

しゃん、とまた鈴の音が鳴った。あと一人。

「くそ！　この野郎！」

最後の一人は、果敢にも叔賢に殴りかかる。

だが、相手が悪い。叔賢は拳《こぶし》の裏で軽く男の顔を払った。この時、照柯は鈴を鳴らさなかったため、ごきり、という嫌な音は、そのまま楼内に響いた。

「おぉっと。こりャいけねェ。おい、お前ら、こちらの御仁がお困りだ。手ェ貸せ！」

叔賢は楼《みせ》にいた邑兵《ゆうへい》たちを巻き込み、ならず者たちを担いで運び出す。

パチパチ、と最初はまばらに。すぐにあちこちから喝采《かっさい》が起きた。喧嘩《けんか》は桂門の華。爽《そう》快《かい》な喧嘩は称《たた》えるのが習いである。

従業員たちが床と卓とを手早く片づけ、騒動の痕跡《こんせき》は消えた。

明花はその場で、客に向かって一礼する。

「桂門の茶は、古来『三忘茶《さんぼうちゃ》』と呼ばれております。一杯飲めば故郷を忘れ、二杯飲めば父母を忘れ、三杯飲めば妻子を忘れる。この場のお詫びに、皆様に一杯ご酒を差し上げとうございます。どうぞ、桂門の茶にならいまして、今の騒ぎをお忘れくださいまし」

わっと歓声があがる。

客に軽く一礼をして、明花は悠々と階段を上がって行った。

二階の客たちも、区切られた席から出てきて、明花に拍手を送る。

書斎に引き上げるまで、明花の唇は羽扇の下で美しい弓形に保たれていた。その唇の形が、扉が閉まるなり真一文字に変わった。

「さすが明花様。すっきり致しました。見事な拳!」

「あんな命知らず、久しぶりに見ましたわ。いい気味です!」

双子は満面の笑みで、主を出迎えた。

勢いよく長椅子に腰を落とし、明花は煙草盆を荒い動作で引き寄せる。

(茶番だ。……青二才め)

煙管《キセル》に新たな刻み煙草を詰め、火をつける。

紫煙をくゆらせ、ひと息ついていると、叔賢についていった照柯が戻ってきた。

「明花様。二つお知らせが。まず、階下《した》で騒ぎを起こした男たちですが、数日前に佳浜《けいひん》から来た流れ者でした。金で雇われたと言っております。雇い主は若い優男だったとのこと。もう一つ。その雇い主と思《おぼ》しき例の男が下に来ております。『先ほどの囊の虫の件で、お詫びを申し上げたい』。……それから、『次も酒楼に伺います』と」

「粘着質な男だな！」

思わず声が出た。煙草でやや和らいでいた眉間の緊張が、また増す。双子も揃ってしかめっ面になった。

なにがなんでも会う気らしい。

黙殺したい。が、断れば次の手がくる。

いっそ会った方が楽ではないか――と明花は思った。

「……わかった、通せ」

軍機大臣の融《ゆう》氏。法務大臣の江《こう》氏。それとも、司馬《しば》の芭《は》氏あたりか。

いや、若い男のはずだ。司書長の飛《ひ》氏の線もある。

明花を訪ねてくる高官は、以前から存在した。後宮へ戻り、紫旗《しき》様の後ろ盾になってほしい。紫旗様のために。この国のために。

──洋明王《ようめいおう》が、紫旗様の命を狙っております。

──賢章王《けんしょうおう》が、某所で洋明王と紫旗様暗殺の密談をしたとのこと。

王、とは基照国において、皇帝の兄弟姉妹に与えられる称号だ。よく名前の挙がってい
た洋明王と賢章王は、共に今上帝の弟である。彼らが持つ大なり小なりの野心を疑うつも
りはないが、だからと言って、暗殺、となるとさすがに飛躍が過ぎる。

実際のところ、危うい、危うい、と煽《あお》ってくる割に、どの話も事実関係が曖昧《あいまい》だった。

高官たちの目的は、明花を利用し、紫旗に取り入ることにあったのだろう。

(もう、宮廷と関わることはあるまいと思っていたが……)

双子たちは、長椅子の前に簾《すだれ》を下ろし、むくれ顔で出て行った。

深く煙を吸って、ゆっくりと吐き出す。

「清明殿の役人と会うのは久しぶりだが……どうせまた、いつものアレだろうな」

「『紫旗様が危ういのです。なにとぞ、なにとぞ、お力をお貸しくださいませ』」

顔色を変えずに、照柯がかつて現れた高官たちの様子を声音ごと真似た。卑屈なくせに
図々《ずうずう》しい。一人の例外もなく、彼らに共通した性質だ。

明花は「似ている」と小さく笑う。

もう一度煙を吐いた時、扉が叩《たた》かれ、開いた。

紫煙の向こうに、官服に似た濃紺の袍《ほう》を着た男の姿が見える。

「華仙公主様《かせんこうしゅ》におかれましては、ご機嫌麗しく。本日、拝謁をお許しいただきましたこと、この李《り》伯慶《はくけい》、心より感謝申し上げます」

青年は、膝《ひざ》をつき叩頭《こうとう》しだした。

こちらが身分を隠していると知った上で、この挨拶《あいさつ》だ。明花の眉《まゆ》は寄った。

(感じの悪い男だな)

李伯慶。

その名前は知っている。間もなくこの国の宰相となる男。

来訪者の候補に上がらなかったのは、彼が就任前で、政争とは無縁に思えたからである。

優男、と方々で聞いただけあって、目元涼やかな青年だ。

「公主様」

「よせ。私は『公主』ではない」

察するに、宰相の地位に就くにあたって、明花の情報に触れたのだろう。

「しかし、公主様――」

「くどいぞ」

では、と伯慶は立ち上がった。

「ならば話は早い。祥明花。これは貴女《あなた》にとって有益な情報だ。まずは人払いを頼む」

明花は、大きな目を三度まばたかせた。

なんと傲慢《ごうまん》な態度だ。怒りを通り越して、いっそ呆《あき》れる。

「お前、それで私がうなずくと思うのか？」

「これから伝えるのは、清明殿でも、ごく限られた者しか知らない機密情報だ。他にはもらせない」

伯慶の目が照柯を見る。席を外せと言っているのだ。どこまでも礼を知らない男である。

明花は軽く首を横に振った。

「その者の耳は私の耳だ。彼女がこの部屋を出る時は、お前を締め出す時だと思え」

「……なるほど。わかった。だが、これは機密情報だ。内密に頼む」

「では、その機密とやらを抱えたまま帰るといい」

「後悔するぞ？」

若造め。明花は不機嫌さを隠さず、煙草盆の縁を爪でトントンと叩いた。

「自分の足で帰るか、つまみ出されるか、二つに一つだ。選ばせてやる」

「離宮への参拝に、仙道士《せんどうし》が随行しない――と聞いても、同じことが言えるのか？」

不遜《ふそん》な態度のまま、伯慶は言った。

「なに？」

予想外の言葉に、明花は顔色を変える。

なんと危うい話だ。背がぞくりと寒くなった。

「世子《せいし》様の身が危うい。力を貸してくれ」

伯慶は、ここでお決まりの文句を口にした。だが、これまでの話とは、色合いがまったく違う。

仙道士が随行しないとなると、紫旗の身は確かに危うい。

あらゆる呪詛《じゅそ》から身を守る術《すべ》がないのだ。丸腰で戦場に放り出されるのも同然だ。

（バカな。仙道局《せんどうきょく》はなにを考えている？）

人の集まるところならばどこにでも、呪いは生まれる。

愚痴、悪口雑言、恨み言。それらも広義の呪いである。無形の呪いよりも、有形の呪いの方がより強い。道士が正しい式に則《のっと》って書いた呪符は、最も強力な呪詛として機能する。

人の欲が渦巻く場所には、多くの呪いも集まる。宮廷などは、その代表格だ。

こうした呪いを払い、宮廷を清らかに保つのが仙道局の役割である。

彼らが霊的な清浄さを保つのは、高祖《こうそ》の血族を守るためだ。次期皇帝たる紫旗の行啓となれば、仙道士が随行し、守護するのが当然である。

「まだ加護が切れるまで五年ある。そんなバカな話があるか」

皇帝の血族は、仙人らによって百年の間、霊的に守られている——はずなのに。

「話が早くて助かる。これを見れば、貴女にもわかるだろう」

伯慶は、懐から書面を出した。

照柯がまず受け取り、簾の横から差し入れる。

手元に届いたのは、行啓の配置表だ。

紫旗は年に一度、七月八日の基照国建国の記念日に、古都の離宮への参拝を行う。これは建国時から、興京《こうけい》へ遷都した後も続く重要な儀式である。

煙管を置いて、目を通す。

荷のみの馬車。侍女たちの乗る馬車。兵の配置。紫旗の馬車。紫旗の馬車に見せかける馬車。夫人の馬車。

(……ない)

移動する皇族を霊的に守護するには、行列の前と後ろに仙道士を配する必要がある。正式な作法に則れば、前に三人、後ろに四人。

だが、この書面には、仙道士と書かれた項目そのものが存在していない。

「まさか、連中がここまでしてくるとはな……」

明花は紅《あか》い唇を噛《か》んだ。

各所の朱印まで捺《お》された書類だ。書き損じの許される段階ではない。

つまり、仙道士は、高祖の血族たる次期皇帝の守護を放棄したということだ。

(それほどまでに、紫旗がうとましいのか!)

強い憤りに、明花はぐっと拳を握る。

仙人は、則《のり》を重んじる。紫旗に対する仙道士たちの感情を、知らないわけではなかったが、百年の契約を反故《ほご》にするほどとは思っていなかった。

「祥明花。貴女の力が要る。我が国の先行きは決して明るくはない。私が最年少で宰相となることを、貧乏くじだと言う者もある。羽《う》氏は五年きっかりで退職金を抱えて逃げた。国力は衰え、弱腰外交で隣国になめられ、経済はガタガタ。犯罪は増加の一途。……だが、まだ間に合う。英明な君主さえ頂けば、この国は立ち直ることが――」

「興京の政治に興味はない」

熱心な青年の弁を、明花は冷たく遮った。

「貴女にとっても、世子様は重要な存在だろう。この国のために――」

「百年の加護は、連中が高祖との間に結んだ契約。その怠慢の尻《しり》ぬぐいなどまっぴらごめんだ。苦情ならあちらに直接言え。紫旗の危機を知らせてくれたことには感謝するが、こちらはこちらで勝手にやらせてもらう」

明花が言い終えた直後に、ゴンゴン、と表の扉が鳴った。

「明花。オレだ」

しゃがれ声でわかる。叔賢だ。

「入ってくれ」

「おゥ」

ぎぃ、と扉が開き、叔賢がのっそりと入ってくる。

人に聞かれては困る、と言いたいらしく、伯慶が迷惑顔でこちらを見た。

「彼は、こちらの事情をすべて知った上で協力関係を結んでいる。恭中将。湖邑警護軍の団長の一人だ。彼の耳も、私の耳だと思ってくれ。――叔賢。こちらがあの、粘着質な高官の客だ。李伯慶」

「李伯慶?……あァ、海邑の李家の倅《せがれ》か」

すぐに叔賢は、若き宰相の出自を言い当てた。湖邑と海邑では距離があるとはいえ、基照国四十州のうち同じ千州、それも同じ町の話である。桂門出身の宰相が誕生する、と大いに話題になったものだ。

「初めてお目にかかります。恭将軍、お噂はかねがね」

相手の素性を知って、伯慶は態度を改め拱手《きょうしゅ》の礼を取った。叔賢も礼を返し、手近にあった椅子に腰を下ろす。

伯慶が「話を続けるが――」と言うのを、明花は鋭く遮った。

「誰の耳があろうとなかろうと、これ以上お前と話すことはない」

「仙道局の意図を知りたい。なぜ、彼らは世子様を危険に晒《さら》すのだ?」

「知るか。連中に聞け」

明花は簾ごしに見ていた青年の顔から、ぷいと顔を背けた。

話の内容も気に入らないが、先ほどから、世子様、世子様、と紫旗を呼ぶのも気に入らない。世子、とは単純に世継ぎを指す単語だ。紫旗とは、禁衛軍の旗の色にちなんだ雅称である。皇帝を最も近くで守り助ける、他国で言えば近衛隊長にあたる存在が、基照国では次期皇帝の資格者である。伝統にわずかでも敬意を持っているならば、正しく、紫旗、と呼ぶべきだ。

それを世子様、とわざわざ呼ぶのだから、世継ぎという機能しか見ていない証《あかし》だ。この男の酷薄さが透けて見える。まったくもって気に入らない。

「仙道局は、世子様の即位を望んでいないのだな？」

「くどいぞ。私には関係のないことだ」

「世子様のご生母は、仙道局の女官であったとか」

明花はスッと目を細め、伯慶の顔を見た。

どうやら、思った以上にいろいろと知っているらしい。

「言いたいことがあるなら言え。聞きたいことがあるなら聞け。そして帰れ」

「仙道局がなにを目論《もくろ》んでいるのかを知りたい。独立した組織とはいえ、彼らが世子様を害そうとしているならば、立派な政治勢力だ。次期皇帝の選出は国事。天の求めるところ。それを妨げる者は、逆賊以外の何物でもない」

面倒な話だ。明花は、配置表を伯慶に返却し、煙管《キセル》を手に取った。

こちらの都合を話して聞かせる義理はないが、この感じの悪い男は未来の宰相だ。多少の情報は与えておいた方が後々のためになるだろう。

「仙道局が、紫旗を煙たく思っているのは事実だ」

「濃い仙人の血を持つ皇帝を、歓迎していない……ということだな？」

明花は答えなかった。だが、煙を輪にして吐き出し、多少の間を置いてから、答えに代わる言葉を紡いだ。

「紫旗は己が何者であるかを知らない。余計なことを口にするな。――ただの脅しだと思わん方がいい」

声を低く落として言えば、伯慶はすぐに「もちろん、他言はしない。絶対にしないと約束する」と胸を張って言った。

「では、彼らは目障りに思う世子様を消そうとしているのか？」

ため息まじりの煙を吐く。面倒だが、あとで嗅《か》ぎまわられるよりましだ。この男のしつこさは身に沁《し》みている。

「人間《ひと》の世への不介入は、仙人どもの原則だ。皇帝の後継者選びに口出しするのは、介入以外の何物でもない。次期皇帝の挿《す》げ替えなどもっての他だ。連中は則を重んじる。互いの行動をよく監視しあっている。直接彼らが手を下すとは考えにくい」

伯慶は、ふむ、とうなって、顎鬚《あごひげ》もないのに顎を撫《な》でた。

「では、仙道士の不在が、世子様のお命を脅かすことはないと思っていいんだな？」

「かと言って、楽観もできん。紫旗の存在を容認するか否かについては、仙道局でもいまだ意見は割れている。今回の件は、紫旗を煙たく思う連中が起こした、苦し紛れの嫌がらせ……と考えるのが自然だろう。自ら矢を射かけはしないが、獣のいる野に赤裸のまま放り出す。そういう類《たぐい》の話だ」

明花は手ぶりで照柯を呼び、煙草盆を下げさせた。

「それほど危ういものか？　呪詛とは一体なんだ？　なにが起きる？　文書に書かれたことを信じるならば、呪詛で人の命まで奪えることになってしまう」

「呪いとは、対象の不幸を願う言葉だ。呪符にすればよりよく効く。感冒、悪寒、多少の不運。怪我。病。不仲。裏切り。嫉妬《しっと》。身体、あるいは心に影響を及ぼす。お前の言うように、命を奪うこともある。積み重なれば国も傾く。私も詳しくは知らん」

伯慶は「伝説ではないのだな」と言って何度かうなずいた後、また別の書面の束を取り出した。

今度は、こちらに手渡すことなく一枚一枚読み上げはじめる。

「統慶《とうけい》元年、九月十日。千州桂門湖邑西区兎小路《うさぎこうじ》東七。酒密売組織の拠点。首領は肉屋の荘《そう》。──統慶二年、一月十日。東区鴉《からす》小路西五──」

明花は片眉《かたまゆ》をきゅっと上げた。

二件目を言い終えるより先にわかる。これは『掃除』の記録だ。

ここまで来ると、不快感より先に単純な賛辞さえ浮かぶ。感じは悪いが、優秀な男らしい。さすがは国試一等だ。

かといって、聞く耳を持つ気にはなれなかった。

「それで？　なにが言いたい？」

「貴女《あなた》は、これまで陰ながら世子様を守ってきた。そうだろう？　羽宰相からの引き継ぎ書に書かれていた。世子様の身に危機が迫った折は、華仙公主を頼れ、と。これも、これも、この事件も、貴女の働きによるもののはずだ。最初の記録は、七年前。世子様が紫旗の座に就かれた時期と、ほぼ一致する」

七年前。齢《よわい》五歳にして紫旗がその座に就いた年である。彼の異母兄にあたる前紫旗が、十七歳の若さで世を去ったのだ。今上帝の生存している男児のうち、最も年長の現紫旗が後継ぎとなったのは、ごく自然な流れであった。

だが。

仙道局は、紫旗の身体に流れる血を歓迎しなかった。

百年の加護が切れたのちに即位するであろう皇帝に、仙人の血が入っていることは、彼らにとって望ましくなかったのだ。

仙境《せんきょう》は揺らいだ。あくまでも人間として育てることを条件に黙認を貫くべきと言う者もあれば、いっそ殺してしまえ、と主張する者さえあった。

仙道局は、自ら手を下しこそしないが、紫旗の失脚を密《ひそ》かに願っている節がある。

だから明花は、当時住んでいた湖畔の町から、桂門に移った。

伯慶の推測通りだ。ただ、紫旗を守りたい一心で。

桂門の一帯、建国当時の都であった古都は、代々紫旗の直轄領とされている。この土地の治安を回復すれば、紫旗の存在はより重くなる。人の世への不介入が、仙境の原則だ。大衆に支持される次期皇帝に、手出しはしにくくなるだろう。そう信じてはじめたのが、『掃除』だった。

順調に『掃除』は進んだ。

今の紫旗様に代わられて、桂門も変わったようだ――

明花が茶館で、叔賢が下町で口にして歩くまでもなく、人々は次第に『紫旗様のご威光』を感じるようになっていった。離宮の参拝客も、年々増えている。

「お前の目的はなんだ？　李伯慶」

これまで自力でやってきた。今更、清明殿の役人の力を借りるつもりはない。

「離宮の警護を依頼したい。仙道士の代わりに、紫旗様を守ってほしいのだ」

「私は連中とは違う」

「貴女と世子様は、同じ血を持っている――と聞いた。それゆえに、なにがあろうと世子様を裏切ることはない、とも。羽氏はその文章の意味を、同父同母という意味だと理解していたようだ。私はそれだけではないと思っている。つまり、貴女は仙人の血を引いているはず。世子様が仙道局に歓迎されていないのも、貴女が後宮を離れることになったのも、同じ理由だろう？」

明花は目を細め、腕を組んだ。

ずいぶんと詳しく調べてきたものである。

「私は、仙人ではない」

「だが、ただの人でもないはずだ」

「そうと知っているならば、私がお前と組まぬことは理解できるはずだ。こちらはこちらで手を打つ。お帰り願おう」

今度こそ、明花ははっきりとした意思を持って手を動かした。

照柯は伯慶の横に立って「お引き取りを。李司書」と軽く頭を下げる。

「まだ話は終わっていない。桂門の治安を守ってきた貴女ならば、世子様を守ることもできるはず——うわぁ！」

なおも食い下がる伯慶の身体が、いきなり浮いた。

決して小柄ではない青年を、左腕だけで持ち上げたのは照柯だ。

「お帰りは、窓がよろしいですか？　それとも扉からになさいますか？」

「待て！　う……くそ……！」

伯慶はつかまれた胸倉を手で押さえ、足を必死に動かしている。

「いかがしましょう？」

照柯が、明花に問うた。この男を、窓から捨てるか、扉から出すか、という質問だ。

窓からも悪くないが、後始末に困る。

「布で包み窓から運べ。適当なところに転がしておけば、懲りて帰るだろう」

「多少、知り過ぎているようです。『楽園』でなくともよろしいですか？」

明花は、顎に手を当て、しばし考えた。「いやいや、そこは迷うなよ。未来の宰相殿だぞ？」と叔賢がのんきに笑う。

この感じの悪い男は、国試を勝ち抜いた選良だ。紫旗がいずれ皇帝になった時、役に立つ。今日日の公試あがりは、留学希望者が列をなしているそうだ。そのまま亡命して、他国で官職にありつこうという算段らしい。沈む船からは、鼠も逃げる。

「殺すな。紫旗の味方になる男だ。深入りはしているが……害にはなるまい。警護軍の屯所の近くにでも転がしておけ」

この国の未来は、残念ながら明るくないのだ。加護も間もなく切れる。こんな時期に宰相の重責を引き受けようという奇特な男は、紫旗のためにも失えない。

「かしこまりました」

照柯は、長椅子にかけてあった布を、空いている方の手で取った。

「おい！　やめろ！……うわッ！」

制止の言葉を無視し、やや乱暴に下ろした伯慶の身体を、手際よく包む。猿轡《さるぐつわ》をかませたらしく、青年の抗議はすぐに聞こえなくなった。

照柯は薄絹を垂らした笠《かさ》を被《かぶ》り、肩に伯慶を担ぐと窓からひらりと飛び降りた。

「相変わらず手際いいな。アイツなら、いい泥棒になれるぞ」

のんきな賛辞を送ってから「さて、行くか」と叔賢は立ち上がった。

「着替えてから追いかける。羊《ひつじ》小路、東二番だな」

「おぅ。着くのはアンタの方が早そうだ」

叔賢が表の扉から出ていく。風圧で蠟燭《ろうそく》がかすかに揺れた。

するりと青磁の色の袍《ほう》を脱いで、長椅子の上に落とす。淡い色の着物も、夜の『掃除』には相応《ふさわ》しくない。

上から下まで黒ずくめの装束に着替え、目から下に布を巻いた。

照柯が出て行って、開いたままになっていた窓に寄る。

もう肌を焼く日はとうに落ち、月も高く上がろうとしていたが。

明花は、支度の最後に薄絹を垂らした笠をかぶり、顎紐《ひも》を結んだ。

さて――

羊小路の角から二番目。長らく放置された古い倉庫がある。

南海沿岸を拠点とする人身売買組織が、桂門への進出を目論《もくろ》んでいることは、二年ほど前から耳に入っていた。地道に調査を続けてきた叔賢が、数人の先遣隊が既に桂門に入っている、との情報を入手したのが二ヵ月前。蜘蛛《くも》が網を広げるように、じわじわと活動をはじめているという。

その先遣隊が拠点にしているのが、この倉庫であるらしい。

塀に囲まれた建物に、ドン、ガン、ゴン、と激しい音が続いた。

次に、どさり、と鈍い音がして、なにかが窓から飛び出す。

地面に落ちたのは、縄で縛られた男だ。

続いて、もう一人。さらに、一人。もう一人。

次々と投げ出された男たちは、合計七人に及ぶ。さながら、魚市場の青魚だ。

「これですべてです」

照柯は男たちを投げ終え、自分も窓から外に出た。

「隻眼に、禿頭《とくとう》。老人に、入れ墨……人相も間違いない。報告通りだ」

窓から顔を出したのは、明花である。二人揃って黒ずくめの装束に、薄絹を垂らした笠を被っている。

「では、倉庫にいた娘たちを逃がして参ります」

「あぁ、任せた」

照柯の姿が闇に消える。

明花は淡い緑色をした瓶の蓋《ふた》を、ポンと開けた。

瓶の中身は油だ。鼻歌を歌いながら、辺りに撒《ま》く。窓布には特に念入りに。

棚は人形《ひとがた》にへこみ、机は真っ二つに割れ、椅子は砕けて散乱している。白い欠片《かけら》は、恐らく禿頭の男の折れた歯だ。男七人の息の根を止めるのは容易《たやす》いが、殺さず捕らえるとなると、多少は手間取らざるを得ない。

油を吸った窓布に、燭台《しょくだい》を近づける。

ぼぅっと音を立てて火は燃え上がり、天井を焦がした。

『掃除』の痕跡《こんせき》は、こうして消してきた。人の口に戸は立てられないが、犯罪者でも名は惜しむ。たった二人を相手に手も足も出なかった、と自ら吹聴《ふいちょう》する者はいない。おかげで、存在が明るみに出たこともなかった。

火から遠い窓から、ひらりと外に出る。

塀の向こうから声が聞こえた。

「よし、火の手が上がった。踏み込むぞ！」

叔賢の声だ。塀の外で待機しているのは、彼が率いる恭五団の面々である。

おゥ！　と応《こた》える声は勇ましい。あとは彼らが縛られた人買いどもを運び、売られてきた娘たちを保護し、火の始末をする手はずになっている。

門を開ける音が聞こえ、明花が引き上げようとしたところに――

馬の嘶《いなな》きが聞こえた。

羊小路は下町で、酒楼でさえ日暮れに暖簾《のれん》を下ろす。住民も灯油を惜しんで早々に床に就く。この宵九刻に、馬車が裏道まで入ってくること自体が不審だ。

「女だ！　荷台に女が見えたぞ！　人買いの一味だ！」

恭五団の邑兵《ゆうへい》が叫んだ。同時に、かすかな女の悲鳴も聞こえた。

倉庫に捕らわれていた娘たちと同じく、どこぞから売られてきたに違いない。

明花はひらりと塀の上に飛び上がる。

目の端で大きく炎が立ち上った。倉庫に放った火は順調に育っているようだ。

辻《つじ》で慌てて方向を変えたのは、くたびれた二頭立ての馬車である。

（これは好都合）

犯罪組織の尖兵《せんぺい》だけでなく、その取引先まで捕縛できるとは。

明花は口の端を持ち上げた。

「お前らは計画通り火の始末だ！　馬車はオレに任せろ！」

叔賢が、馬車を追って走り出す。

荷台の幌《ほろ》から、なにかが転げ落ちた。男だ。

急な方向転換と加速に耐え切れなかったらしい。幌の中から腕を伸ばしていた男が、

「逃げろ！」と叫ぶ。落ちた男は、馬車とは逆方向に走り出した。

「照柯！　逃げた男を追え！　馬車は私が止める！」

「承知！」

塀から塀へ、照柯がひと跳びに小路を横断し、逃げる男を追っていった。

馬車は裏の細道を疾走する。

（まずいな。このまま突っ切る気か？）

火の手に気づけば、深夜の下町だろうと人は集まってくる。この勢いで通りの人混みに突っ込めば、はねられた方も、幌の中の娘たちも無事では済まないだろう。

紫旗のための『掃除』だ。犠牲は出すことはできない。

（止めねば）

明花は走る速度をぐんと上げた。

力強く塀の瓦《かわら》を蹴《け》る。一歩一歩、跳ぶ幅は長くなった。

笠の薄絹が、燃える火を透かして闇夜に舞う。

——あと少し。

馬車が酒楼の裏に乱雑に積まれた箱に阻まれ、やや速度を落とした。整然とした北大路

と違って、下町の裏道は無秩序だ。半ば物置と化している。

好機だ。

わずかに馬車を追い越したと見るや、明花は塀の瓦を蹴った。

猛禽《もうきん》のように滑空し、馬車の前に着地する。

手当たり次第、箱や樽《たる》を道の真ん中に放り投げれば、御者台の男二人が悲鳴を上げた。

「やべぇ！　ぶつかる！」

「バカ野郎！　止めんな！　突っ切れ！」

御者が激しくムチを振り下ろす。馬の背を打擲《ちょうちゃく》する鈍い音が響いた。

二頭の馬が、棹立《さおだ》ちになる。

「うわぁぁ！」

「くそ！　走れ！　この駄馬め！」

御者の横にいた男が、御者のムチを奪って、執拗《しつよう》に何度も振り下ろす。

明花はチッと舌打ちした。

(外道め)

人の売り買いも許しがたいが、馬の扱いも見るに堪えない醜悪さだ。

明花は樽を蹴り、御者台の端まで軽々と跳ぶと、男の襟首をむんずとつかんだ。振り上げたムチは、振り下ろされる前に宙を泳ぐ。

「な、なにしやがる！　うわッ……！」

襟首をつかんだまま、男の身体を塀に向かって放り投げた。

鈍い音を立て塀にぶつかった男は、地面に倒れ、また鈍い音を立てる。

「てめぇ、この野郎！　やりやがったな！」

しかし、男はすぐに立ち上がり、腕を振り上げた。ムチが天に向かって跳ねる。

遅い。蝿が止まりそうだ。

明花は男の腕が振り下ろされるよりも早く男の懐に入り、手首を捻《ひね》り上げる。ムチは箱の上に落ちた。

「くそ！　なんて力だ……バケモノか！」

ぐっ、ぐっと男は逃れようとして腕に力を入れる。腕はびくともしない。男は次第に顔色を失っていった。

明花はその腕をつかんだまま、ぶん、と大きく振り回す。

「うおっ！」

ふぅわりと宙に浮いた男の身体は、弧を描いて飛んでいき――派手な音を立て、樽と箱の上に落ちた。

箱が砕ける音に、背後から聞こえる金属の音が交じる。

サッと振り向く。

御者が、剣を構えていた。切っ先が震えている。

「この、バ、バケモノめ！」

血走った目。むき出しの歯。今この男を支配しているのは、ごく単純な恐怖だ。

殺される。死にたくない。

剣は叫び声と共に、闇雲に繰り出された。これも遅い。欠伸《あくび》が出る。

何度かかわすうちに、御者の動きはますます遅くなった。

「くそ！　くたばれ！」

最後の力を振り絞り、御者は剣を振り上げた。

明花は身体を屈《かが》め、地をかすめるような蹴りで御者の足を払った。

情けない声を上げて、御者は腰から落ちる。敵《かな》わないと悟ったものか、四つん這《ば》いになって尻《しり》を向けた。

「た、助けてくれ……ッ！」

最初からそう言えばいい。

彼らが十年剣術を学んで出直そうと、同じ結果になるだろう。あらゆる抵抗は無意味だ。

御者はなんとか身体を起こし、馬車で来た道を引き返すように逃げ出した。

（ムダなことを）

馬より速く走る相手から、どうして、その覚束《おぼつか》ない足で逃げ切れると思うのか。

塀の向こうで燃える火が、あたりを明るく照らしている。

馬車の横を通ると、金属の強くぶつかり合う音が大きくなった。

荷台の幌の中にはもう一人、男がいた。あとから追ってくる叔賢に任せるつもりでいたが、まだ捕らえていないようだ。

彼の腕はよく知っている。あの戦闘バカが遊んでいるに違いない。

(叔賢め。さっさと片づければよいものを)

馬車の横を通り過ぎる。案の定だ。叔賢が蓬髪《ほうはつ》の男と切り結んでいる。

こちらの男は多少の心得があるようだ。大刀がガンガンとぶつかり、その都度大きな音が鳴り、火花が散る。

「なんだ。アンタにしちゃ珍しく、手間取ってるじゃねェか」

剣をぶつけ合いながら、叔賢はのんきな声を出す。

叔賢の得物は、腰にさした四本のうち、最も大きな刀だ。胴体を真っ二つにできる代物で切り合っているあたりが、どう見ても楽しんでいる。

手間取ってなどいない。答える代わりに、明花は這うように逃げる御者の襟首をつかみ、軽々と樽の山に放り投げた。ひぃぃ、と声が遠くなっていく。

空だとばかり思っていたが、今度の樽には中身が入っていたらしい。背の方で、どぼん、ともじゃぼん、ともつかない音がした。

人買いの極悪人でも、ここで死なれては困る。そちらの方がてっとり早いが、あくまでもこれは『掃除』なのだ。血や暴力ではなく、徳を印象づけねばならない。

酒におぼれている御者を引きずり出す。「うわぁ！」と明花を見て叫んだのを、拳《こぶし》で横面を張り倒して黙らせた。

最初に投げ飛ばした男と、御者が並んで倒れている。明花は背負っていた縄で、二人を手早く縛っておいた。あとは恭五団の邑兵に任せればいい。

この一連の作業の間も、金属音はやんでいない。

「遊ぶな。叔賢」

明花は、しびれを切らして口を開いた。

その声を聞き、叔賢と向き合っていた男が、ぎょっとしてこちらを見る。

「女……か？　まさか」

ふだんの『掃除』では、声を発さないようにしている。自分を片手で投げ飛ばしたのが女とわかれば、この男のように動揺するだろうと思ってのことだ。

「まぁ、女っちゃ女だが、お前さんよりゃ強いさ」

ついでに言えば、オレより強《つえ》ェぞ、と言いながら、叔賢は大刀を鞘《さや》に納めた。

叔賢は他の三本の剣ではなく、背から双節棍《そうせっこん》を取りだした。ぶん、ぶんと大きく振り回す。やっと終わらせる気になったらしい。

「バカな。女がこんな……うわぁ！」

叔賢が繰り出した棍は、蓬髪の男の剣を弾《はじ》き飛ばした。

「あァ？　こんな時によそ見かよ。余裕じゃねェか！」

「か、勘弁してくれ！　オレは、金で雇われただけだ！」

「話は獄で聞く！」

空を切った棍は、膝《ひざ》を折ろうとした男の鼻先を通った。

「うおぉ！」

はぁ、と明花はため息をつく。この調子では、骨の一本や二本、砕きかねない。

「遊ぶなと言っているだろう」

明花は、叔賢と蓬髪の男の間に割って入った。

骨を砕かれるよりはマシなはずだ。明花は蓬髪の男の襟首をつかみ、軽く投げ飛ばす。

がらがら、がしゃん、と音を立て、男は樽の山に埋もれて静かになった。

「ったく、ほんと乱暴だな、アンタは。少しは加減しやがれ」

「お前こそ加減しろ。無傷で捕らえねば、『掃除』ではなくなる」

「体力削《そ》いでおかねェと、あちこち折っちまうだろ。無傷ってのが一番難しい」

まったくだ。殺した方が楽だと思う場面は多い。

最後の一人は叔賢が縛り上げた。これで馬車の周囲にいた男たちは全員捕らえた。あとは、照柯が追いかけていった男を残すのみだ。

明花は、サッと荷台の幌を開けた。

娘が三人、身を寄せ合って震えている。

「もう大丈夫だ」

声で相手が女とわかったからか、娘たちはわずかに緊張を解いた。

一人が「私たちは、売られますか？」と北方の訛《なま》りで尋ねた。

基照国の北部ではない。広大な中原の北方だ。訛り、といっても発音からして違う。ほぼ別の言語と言っていい。桂門は中原中から人の集まる土地だが、明花は桂門で北の訛りを耳にしたことがない。娘たちには、明花の言葉も聞き取れていないだろう。

「帰る家はあるか？」

明花は、北に寄った訛りで尋ねた。

通じたようだ。ない、と少女は首を振り、他の娘も同じように首を振った。顔や腕の蒼《あお》痣《あざ》が痛々しい。

「この地に留《とど》まるならば、邑兵が仕事を斡旋《あっせん》するだろう。ここは基照国、千州の桂門だ。紫旗様が治める豊かな地。身体を売らずとも、仕事はいくらでもある」

娘たちは、そろって胸に両手を当て、額を地につけた。感謝を示しているらしい。

「明花」

呼ばれて明花は振り返った。叔賢が、手ぶりでなにかを言っている。

——『隠せ』だ。

今この状況で、明花が隠さねばならぬものは他にない。

明花は荷台の布を下ろし、笠《かさ》を深く被《かぶ》り直した。

物陰に、人がいる。

メラメラと燃える塀ごしの炎が、青年の顔を赤く照らしていた。

まったく、しつこい。

そこにいたのは、未来の宰相・李伯慶だった。

「……つけてきたのか。粘着男」

呆《あき》れたものだ。さすがに懲りると思ったのだが、あてが外れた。

「貴女《あなた》のいる場所に、必ず火の手が上がると踏んで、鐘楼の上で待っていた」

上がった火の手を確認して、ここに駆けつけてきたらしい。

「なるほど。いい読みだ」

「いつも貴女のやり口はそうだ。『焼失』『焼失』『焼失』」

「……行先を『楽園』にすべきだったな」

明花は笠を押さえながら、後ろに下がった。

突然、伯慶は地に両手をついた。額を地べたにすりつけんばかりの勢いだ。今度は拝み倒す気らしい。

「頼む！　力を貸してくれ！　貴女ならば、世子様を守ることができる！　その人ならざる不可思議な力を用いて、どうか、この国の未来を守ってほしい！」

（あぁ、なるほど。そういうことか）

うんざりしつつも、明花はやっとこの青年の意図を理解した。

明花が、仙道士らと同等の能力――霊力を持っているものだと期待したのだろう。

同情する気もないが「残念だったな」と社交辞令は言っておいた。

「今後のためにもはっきりさせておく。私が人と異なる能力を持っていることは認めるが、その不可思議な力とやらは持っていない。私にあるのは多少――」

明花はすぐ横にあった空の樽《たる》を、軽く拳で叩《たた》いた。

ぶしゃ、とおかしな音を立てて、樽はバラバラに砕ける。箍《たが》が音を立てて転がり、塀にぶつかった。

「――力が強い。その程度の能力だ」

伯慶はぽかんと口を開け、砕けて足元に落ちた樽の木片と明花の顔を見比べた。

不可思議な力などない、と伝えたつもりだったが。伯慶は、すぐにまた頭を下げ「頼む！」と懇願しだす。

本当にしつこい。

「こんなことが、人間にできるはずがない。これまでの事件も、すべて鮮やかに解決してきたではないか。あれは仙人の、特別な、不可思議な力を用いたのだろう？　皇族に流れる、仙人の血のなせる業で――」

「あんな連中と一緒にするな。不可思議な力など、私は持っていない」

「貴女と世子様には同じ血が流れている、と書いてあった。それは、貴女たちに濃く仙人の血が流れている、という意味のはずだ。仙人の血を継ぐ今上帝が、仙道局の女官との間になした子が貴女たち――だと私は推測している」

伯慶は立ち上がり、明花との距離を詰めようとした。

明花は同じ距離だけ後ろに下がる。

「お前の推測通りだ。私にも、紫旗にも、たしかに仙人の血は流れている」

「やはりそうか」

「だが、そう濃くはない。ちょうど半分だ」

伯慶は怪訝《けげん》そうな顔になった。

「半分？　皇族のすべてに仙人の血が流れているのではないのか？　あの……建国の伝説にある。美しい仙人の娘は、高祖の妻になったのだと……」

バカげた話だ。馬と犬は番《つが》わない。――よほどのことがない限り。

明花は首を横に振った。

「違う。高祖から今上帝に至るまで、皇族に一度として仙人の血が混じったことはない。仙人の血が混じる紫旗の存在は、基照国にとっても、仙境にとっても異質だ」

紫旗も、自分も。

異質で、異常で、異例である。

明花は深く息を吐いた。口にして心地よい話題ではない。

「……そういうことか」

話に納得がいったのか、伯慶は二度うなずいた。

「半分は人で、半分は仙人。言い方を変えれば、我らは仙人でもなければ、人間《ひと》でもない。半人半仙。――霊力も持たない」

「霊力……というのは、仙人が持つ不可思議な力のことだな？」

「そうだ。脚力、腕力と同じように、連中が日常的に使っている言葉だ。私は霊力を持たぬので、正確な説明ができん。ただ、人に見えぬ物を見、人に聞こえぬ音を聞き、人にかげぬ香りをかぐという。とにかく、その不可思議な力とやらを私は持たない。仙道局の連中にでも聞くといい。『あるわけがない』と太鼓判を押してくれるぞ」

「信じられん。ただの人間にできることでは……」

伯慶は、またこちらに一歩近づこうとした。

遮るように、叔賢が間に入る。

「小哥《にいさん》。悪いがそりゃ見込み違いってもんだ。オレたちは、不可思議な力なんぞ使っちゃいない」

叔賢は「オレは見ての通り、剣に物を言わしてる」と腰の剣をがしゃりと鳴らした。それから明花を親指で示し「そこの女傑は主に拳だ」と言葉を加える。

伯慶の表情に、動揺の色が浮かんだ。

「そっちのも、腕力が主だな」

叔賢が顎《あご》で示した先に、照柯の姿が見えた。

馬車から転げ落ちた男の襟首を、片手で持って引きずっている。

念のため明花が「生きているか？」と聞くと「死んではおりません」と返事があった。

「首。締まってるぞ」

「あぁ、うっかりしておりました」

照柯が手を放すと、意識のない男の頭は地面に落ちた。

伯慶は「待ってくれ」と力ない声を出す。

「本当に？……本当に、貴女たちは、その、霊力を持たないのか？」

「あぁ。目も利かんし、鼻も利かん。連中が言うには、呪詛《じゅそ》は独特な臭気があるそうだ。私は生まれてこの方、呪詛の臭いなど嗅《か》いだことがない」

「しかし、今までの事件は……」

「地道な捜査と、恭五団の精鋭たちの協力で為《な》してきたことだ。叔賢の言う通り、不可思議な力など使ってはいない」

伯慶は、がっくりと肩を落とした。

「……すでに紫旗様は、興京を発せられたというのに……」

参拝は七月八日。基照国建国の日と定められている。占術によって出発の時刻や到着の時刻も決められ、離宮入りするのは参拝の二日前だ。

つまり、紫旗の到着は三日後ということになる。

伯慶は頭を抱えていたが、明花はすでにこの役人への興味を失っていた。

塀の向こうの火が、次第に小さくなっていく。

訓練された邑兵《ゆうへい》の消火活動は、『掃除』の要《かなめ》と言っていい。

皓々《こうこう》と明るかった裏通りが、再び闇の中に沈もうとしていた。

「さて――引き上げるか。叔賢。いつものように、娘たちの保護を頼む。湖畔の養殖場あたりを紹介してやってくれ」

「おゥ、任せろ。アンタらは急いだ方がいい」

叔賢は天を指さす。

うっすらと月の光を透かす雲が、まもなく切れる。

炎も収まった今、あたりは柔らかな月明りに照らされるだろう。

明花はより深く笠を傾けた。

「そうさせてもらう」

立ち尽くす伯慶に背を向け、明花は照柯と共に、闇の中へと消えていった。


長い一日だった。

祥福楼でくつろいでいた明花は、その一日がまだ終わらないことを知る。

双子がそろって「明花様、また、あの、例の客が来ております！」と報《しら》せてきたのだ。

「たいがい粘着質な男だな！」

今日一日、あの男のせいでどれだけ無駄な労力を払ったか。あれを繰り返すかと思えば、追い払う気も失《う》せる。

「……わかった。通せ」

もう茶番はご免だ。

そして再び、明花は伯慶と簾《すだれ》ごしに対面する羽目になった。

伯慶は悪びれる風もなく、堂々と「お招き感謝する」と拱手《きょうしゅ》の礼を取った。

公試の受験資格には、年齢制限がある。里試は十歳。郷試は十八歳。州試は二十歳。国試は三十歳。幼少期から日々努力をし続ける強靭《きょうじん》な精神力を持たずして、数ある難関を勝ち抜くことはできない。さすがは国試一等だ、と明花は改めて感心した。

「『楽園』に送りましょうか？」

表情を変えず照柯が再び尋ねた。明花が答えるより先に、伯慶は、

「聞け！　この話は、貴女にも利がある！」

と力強い声で言った。

それから照柯に「砂は結構だ」と言ったので、海邑の出身ながら『楽園』の意味がわかっているようだ。あちらでも同じ言葉を使うのかもしれない。

そこに後始末を終えた叔賢が戻ってきて、やはり「しつこいな！」と言っていた。

三人の冷ややかな視線を浴びながらも、伯慶はまったく怯《ひる》む様子がない。

「私が貴女の力を利用しようとしたのは事実だ。認める。だが、貴女にも私を利用してもらいたい。私ならば、貴女を、離宮に、それも正面から案内することができる。書類一枚で済むぞ。通りのいい書類は得意だ。どうだ？　現状、貴女は世子様をお守りするのに、人目を忍ぶ必要がある。そうだろう？」

明花はムッと紅《あか》い唇をとがらせた。

「放っておけ。お前には関係のないことだ」

「やはりそうか。今上帝は、息子を人としてお育てになり、仙道局もそう望んでいる。だから、同じ血を持つ姉弟が親しくするのを好んでいない――わけだ」

(勘のいい男だな)

宮廷に残るわずかな情報から、ここまで事実に肉薄するとは大したものだ。

明花は片眉《かたまゆ》だけを上げ、深く息を吐く。

伯慶の推測に、誤謬《ごびゅう》はある。明花と紫旗は、姉弟ではない。しかし、正す必要は感じなかった。自分たちの間に、姉弟に近しい絆《きずな》があるのは事実だ。このまま話を進めても、大筋には影響がない。

この男の推測通り、仙道局は明花と紫旗の接触を嫌っている。

明花が紫旗に会うことができるのは、一年に一度、参拝の折だけだ。それも仙道士の目を盗んで離宮に忍び込む、わずか四半刻《しはんこく》に過ぎない。

「……続けろ」

触れられたくない場所に触れられている。気分は悪いが、明花は先を促した。

伯慶の熱弁の向こうには、自信がうかがえる。

「仙道士の不在は不都合だが、貴女《あなた》にとっては好都合でもあるはずだ。私が一筆書くだけで、堂々と離宮の中へと入ることができる。恭将軍を離宮の護衛につけることも可能だ。よい話だとは思わないか？」

清明殿の役人と手を組む気はなかったが、ここに来て、多少認識は変わっている。

伯慶は、紫旗を守りたい。

明花も、紫旗を守りたい。

その点においてのみ、互いの利害は一致する。

「……しかし、我らは霊力を持っておらん。もちろん、紫旗にもないぞ」

「それは理解した。理解した上での依頼だ。先ほど捕縛と消火の手際を見た。見事だった。あれは興京、いや、すべての州で見習うべきだと思っている。是非とも、離宮にいる間、世子様の護衛を頼みたい」

自力で紫旗を守る、となると、離宮内の宮官の目を盗んでの作業になる。これはいかに明花の身体能力が高くとも、多くの困難を伴う。

なにせ、あの忌々《いまいま》しい仙道局の連中が、今年はいないのだ。

この男も、使いようによっては役に立つ。

（悪くない話だ）

「叔賢、この若造と組めるか？」

明花の問いに、叔賢はさほど迷うこともなく「おゥ」と答えた。

「正面から出入りできるってのは、警護する側からしちゃ大助かりだ。オレは乗る」

照柯にも問えば「明花様に従います」と返答があった。

明花はゆったりとうなずき、提案に前向きであることを伯慶に示した。

「お前の言い分は理解した。手を組むにあたって、条件がいくつかある。まず一つ。今すぐ離宮に、明日から紫旗が発《た》つまでの間、華仙公主が滞在する、と伝えてくれ。名を出せば通るようになっている。それから、もう一つ。私のことはあらゆる文書に記録させるな。一切だ」

「……なるほどな。そうやって、自分の足跡を消してきたわけか」

おかげでどれだけ苦労したか……と伯慶が小さくぼやいた。

「できぬのならば、離宮ごと焼き払う」

「待て。やる。喜んで取り組ませていただく。だから絶対に焼くな」

伯慶は慌てて、手ぶりで明花を宥《なだ》めた。

離宮に明花が現れたと知れば、今後、仙道局がどう動くか知れたものではない。桂門での活動にも響く恐れがある。それだけは避けたかった。

「他は？」

「要請する兵は、恭叔賢と、その部下五十名を指名してくれ。恭五団と言えば通じる。なにかと融通のきく者ばかりだ」

「わかった。約束しよう」

どん、と伯慶は胸を叩《たた》いた。薄っぺらい胸は頼りないが、筆を持つには足りるだろう。

「話は以上だ。書類は任せる」

「あぁ、待ってくれ。筆記具一式を貸してもらいたい。通る書類というのはな、紙質から違う。貴女の持ち物ならば、間違いなさそうだ」

なるほど。役人らしい理屈である。

明花が日ごろ使っている紙と筆で書類を書き上げ、伯慶は「では、明日、昼に離宮前で」と言って帰っていった。

双子の話では、階下で肉まんじゅうを一つ買い求めたそうである。

「お受けになるとは思いませんでした。あの役人を信用なさったのですか？」

寝室に向かう途中で照柯に聞かれた。

役人嫌いは明花も同じだが、照柯は宮廷にいた期間が長い分、よりその傾向が強い。

「信用などするものか。紫旗を世子と呼ぶ男だぞ？　ただの道具と見なしているのであろう。こちらも、紫旗を守る道具として、あの男を利用するまでだ」

紫旗を守る。他に重要なことなどない。

明花は不機嫌な形に唇を歪《ゆが》め、奥へと入った。

――以上のような経緯で、祥明花は李伯慶の依頼を受け入れたのであった。

第二幕　離宮の呪詛

天恵《てんけい》四年七月四日。

早朝から、明花《めいか》は身支度をはじめた。

皇族の装いには細かな作法があり、略装とはいえ支度に時間がかかる。

まとう袍《ほう》は、濃紺の地に金の刺繡《ししゅう》。意匠は牡丹《ぼたん》の花だ。帯は精緻《せいち》な織物で、帯留めには大きな紫玉が輝いている。

宮廷を離れて久しい。日々の営みの一部だったこの装束も、身に着けるのは今や年に一度——離宮に忍び込み、公主として紫旗《しき》に会う時だけだ。

顔を合わせ、言葉を交わすのはわずかの時間だが、紫旗の成長を間近に感じられることが、なにより嬉《うれ》しい。

初めて会ったのは、まだ紫旗が五歳の頃で、明花は屈《かが》んで話をしたものだ。今年はもう、目の位置も近くなっていることだろう。

「髪をお結いします」

照柯《しょうか》の指が、髪の束を結いはじめる。

基照国《きしようこく》の皇族は男女問わず、髪の幾筋かを編み込んで整える。

「必要なこととは言え、この窮屈さには参るな」

こんな仰々しい支度をしていれば、いやでも後宮での日々を思い出してしまう。

華やかで、美しく、それでいて虚《うつ》ろな世界。二度と戻りたくはない場所だ。

「よくお似合いです、娘娘《おじようさま》」

「娘娘はよせ」

仙境《せんきよう》では、貴人の女児を親しみをこめて娘娘と呼ぶ。もちろん、明花は女児ではないので、娘娘などと呼ばれる筋合いはない。明花は鏡ごしに照柯をにらんだ。

失礼しました、と言いながら、照柯は微《かす》かに笑みを浮かべていた。毎年こうだ。明花が紫旗に会うための支度をする間、彼女はわかりにくく上機嫌になる。

以前、明花は尋ねたことがあった。楽しいか？　と。返ってきたのは、簡単な肯定だけだった。照柯とのつきあいは長い。「あの襁褓《むつき》を替えた子がこんなに育って」などと言いだされては敵《かな》わないので、以降は聞いていない。

銀枝に紫玉をあしらった髪飾りをさした後は、仕上げの化粧だ。額に紋を描き、鮮やかな緑を瞼《まぶた》にあしらい、唇に紅をさす。これで身支度は完成した。

鏡の向こうに、女がいる。

母親に瓜二《うりふた》つの女が。

「亮花《りょうか》様に、よく似てこられました」

母親のことを持ち出され、明花は鼻白みつつも「同じことを考えていた」と伝えた。既に記憶が曖昧《あいまい》になった自分でさえ思うのだから、照柯ならば尚更《なおさら》だろう。もともと、明花の母親の部下だった女だ。

照柯は、年に一度、鏡ごしにかつての主《あるじ》を見るのが、嬉しいのかもしれない。視線が急に気になって、鏡から目をそらす。

「馬車がついたようです。参りましょう」

まだ、車輪の音は届かない。照柯の目も耳も、明花のそれより数段敏《さと》い。身体能力にも大きな隔たりがある。

少し間をおいて、小さく車輪の音が聞こえてきた。

「毎年毎年、仙道士《せんどうし》の目を盗んで忍び込んできたが……まさか、正面から離宮に入る日がくるとはな。それも連中の怠慢のせいだというのも、皮肉な話だ」

「紫旗様も、きっとお喜びになりましょう」

「あの粘着男の主導というのは気に入らんがな」

明花が鼻息も荒く言う。照柯は肩をすくめ、特に言葉を発しなかった。

今日の照柯は、一筋の乱れもなく髪をまとめている。植物の文様が刺繍された濃紺の袍が上品だ。多少老けて見えるよう化粧をし、髪の一筋を白粉《おしろい》で白くしている。貴婦人に仕える古参の侍女にしか見えない。毎度ながら、鮮やかな変装である。

「しかし……他でもない紫旗のためだ。行くとしよう」

明花は、羽扇を手にして立ち上がる。ゆかしい重みを感じさせる、衣擦《きぬず》れの音が立った。

華仙公主《かせんこうしゅ》、という名を明花に授けたのは、今上帝だ。

公主とは皇帝の息女を示す語である。自分の娘でもない明花に、今上帝がその名を授けたのは、通りがいいだろう、という単純な理由だった。

無能だ、なまくらだ、と陰口を叩く者も多いが、彼には彼の賢さがある。優しい男だ。

離宮の門をくぐり、馬車が止まった。

「華仙公主様のおなりでございます」

門番の声が響く。さすがの明花も、多少の緊張を覚えた。

先に降りた照柯の手を取り、馬車から降りる。

白い壁に、碧《みどり》の瓦《かわら》。百年の歴史を誇る離宮は、美しい建物だ。

ずらりと並んだ宮官たちが、そろって拱手《きょうしゅ》の礼を取った。離宮は通称で、大基照国護国《だいきしょうこくごこく》
社《しゃ》、が正式な名称である。社に仕える者は神職で、その清潔な白装束は、緑香《りょっこう》漂う空気を
いっそう清く感じさせた。

ある種の畏《おそ》れを滲《にじ》ませて、初老の男が進み出る。存在だけを密《ひそ》かに知らされていた公主

が、突如現れたのだ。緊張もするだろう。

「ようこそおいでくださいました。護国社の宮司でございます。公主様のご滞在、光栄至極に存じます。ごゆるりとお過ごしくださいませ」

「世話になる」

明花は、羽扇を下ろした。

とっさに、並んだ宮官らが顔を伏せる。貴人の、それも女性の顔を不躾《ぶしつけ》に眺める習慣は、彼らにない。

それでも、幾人かは顔を伏せるのが遅れた。

ハッと息を呑《の》み、そして呆然《ぼうぜん》としている。静かな驚きがその場に広がった。

初めて相対した人の目に、自分の容貌《ようぼう》がどう映るかはよく知っている。かつては宮廷中が恋し、称《たた》え、そして嫉妬《しっと》した。明花が望んだことは一度としてないが。

感動。驚嘆。高揚。頬を染め、目を見開く。そうした反応には慣れている。

だが、今は別種の驚きが混じっていた。

どちらにせよ、想定の範囲内だが。

紫旗を間近に見たことのある者ならば、おおよそ、似通った反応をすることだろう。

静かなざわめきが引いた頃、門番の声が響いた。

「清明殿《せいめいでん》司書、李伯慶《りはくけい》様のおつきでございます」

振り返れば、ちょうど馬車が門をくぐったところだ。未来の宰相が乗るにしては、ずいぶんくたびれている。

(役人のくせに、見栄《みえ》の張り方も知らんらしい)

昨夜の伯慶の服装が、刺繍の一つも入っていないものだったのを思い出す。見栄のためなら借金もいとわないのが高等官だと思っていたが。どうにも毛色の変わった男である。

馬車から、人が降りてきた。

明花は驚きに、目を見開かずにはいられなかった。

(何者だ?)

宮官たちの間にも、動揺が広がる。

降りてきたのは、ボロをまとった老人だ。背が蝦《えび》のように曲がっている。飾りがいくつもついた杖《つえ》が小刻みに震えていた。酒くさい。

人の顔に興味の薄い明花でも、さすがに間違いはしない。伯慶とは別人だ。

次に出てきたのは、床をひきずる着物を何重にも重ねた女だ。何年も櫛《くし》を入れていないような髪が頭を倍の大きさにしていた。動物の骨を連ねた首飾りをしている。

また一人降りてきた。今度こそ伯慶かと思えば別口で、熊のような大男だ。夏だというのに毛皮を着こみ、両手に謎の瓶を持っていた。

やっと最後に、官服を着た李伯慶本人が降りてくる。感じの悪い男だが、今は衣冠が整っているだけでまともに見えた。

青ざめる宮司に、その場で待つよう伝えて、明花は馬車に近づく。

「おい」

「あぁ、すまん、遅くなった。出迎えさせてしまったな」

「……なんなんだ、こいつらは」

この場を代表して明花は尋ねた。彼の連れてきた三人は、未来の宰相の部下には見えない。清明殿にも存在し得ない輩《やから》だろう。いで立ちが奇抜にすぎる。

しかし、伯慶は明花の問いに答えなかった。

やや薄い色の瞳《ひとみ》が、観察する姿勢で明花の顔を見ている。

「……なんだ？」

「なるほど。人が口をそろえて美しい、と言うわけだ」

伯慶は、明花の容姿に対して感想を述べた。

そういえば、昨夜は簾《すだれ》や薄絹を挟んで顔を合わせただけだった。彼が明花の顔を間近で見るのは、今が初めてのことになる。

伯慶は、明花の顔を見、袍を見、裳《も》を見、そしてまた顔をじっと見る。

「よせ。不躾な男だな」

明花は羽扇で視線を遮った。

「見事に公主様に見える。いや、公主様にしか見えない。驚いた」

驚きの理由は、問うまでもなくわかる。宮官たちと同じ理由だろう。

明花の顔立ちが、紫旗とよく似ているからだ。

当時五歳だった紫旗を初めて見た時は、明花自身も驚いた。

「顔のことなどどうでもいい。それより――」

「どうでもよくはない。記録にない幻の公主様だぞ。案じていたが、期待以上だ。まさかここまでとは思っていなかった」

「その話は後だ。先に答えろ。なんだ、この連中は」

「まぁ、待て。ひとまず、一芝居といこう。――任せておけ」

伯慶は宮官たちに向かって、ゆったりと礼をした。

「護国社の諸兄諸姉。初めてお目にかかる。二等司書の李伯慶だ。昨夜報《しら》せた通り、この度は、華仙公主様より内密のご相談を受け、紫旗様をお守りすべく馳《は》せ参じた。急なことだが、協力を頼む」

宮司が頭を下げながら、一歩進み出た。

「恐れながら、李司書にお伺いいたします。なんぞ不測の事態でも起きたのでございましょうか？」

「まだだ。まだなにも起こってはおらぬ。皆も知っての通り、華仙公主様は占術に長《た》けておられる。占いによれば、離宮に不吉な卦《け》が出ているという。公主様はこの卦を払うべく、こちらに自らお越しになったのだ」

大した役者だ。嘘の入れ交ぜ方が上手《うま》い。幻の公主の特技を、皆も知っての通り、と先に紹介してしまえば、今後は事実として扱われることになる。

「……不吉の卦……でございますか……」

宮司だけでなく、宮官たちも不安げに顔を見合わせている。

「そうだ。極秘のことゆえ、我らの行動は一切記録せぬよう。我らの行動への干渉も遠慮願いたい。間もなく百年に及ぼうという参拝の歴史に、汚点がつくのは今年であってはならぬ。皆も協力を頼む。なお、護衛には湖邑《こゆう》警護軍 恭《きょう》五団がつく」

「は。謹んでお言葉承ります」

宮司はじめ宮官たちは、頭を下げた格好のまま後ろに退いていく。

潮の引いたあとのように、あたりから人の姿がなくなった。

「どうだ？　これで正々堂々、自由に離宮を歩き回ることができるぞ」

伯慶は、得意げに目を細めた。

「悪くない」

明花は、鷹揚《おうよう》にうなずく。初手の成果は上々だ。

いや、上々、と評価するには早すぎる。謎の集団の問題が解決していない。

「さ、お前たち、早速頼む」

伯慶は、笑顔で謎の集団に声をかけた。離宮の中に入れる気らしい。

「待て」

明花は、伯慶の袍《ほう》の袖《そで》をつかんだ。

仮にもここは、基照国歴代の皇帝が眠る廟《びょう》である。なんらありがたみを感じていない明花でも、さすがに止めざるを得なかった。

「そうゆっくりもしていられないだろう。世子《せいし》様のご到着は明後日だ」

「この連中はなんだ？」

「見ての通り、『道士』だ」

自信満々に、伯慶は答えた。

「どこで拾ってきた？」

「湖邑の下町だ」

いかに貧民であっても、貴族や商人の邸《やしき》に出入りする道士であれば、身なりもそれなりだ。よりによって、なぜこの人選なのか。

「実家の伝手《つて》でも使えば、もっとましな道士を手配できただろう」

海邑《かいゆう》の李家は名の知れた豪商だ。その息子が、どうして湖邑の下町から、得体の知れない道士を連れてくるのか。さっぱり理解できない。

「あの連中は、信用できない」

ダメだダメだ、と言いながら伯慶は顔の前で手を横に振った。

海邑の道士がどの程度のものか知らないが、少なくとも、この胡散《うさん》くさい連中よりはまともだろう。

「お前、正気か？」

「私ほど、この国の未来を憂えている者はいないぞ。正気だ。——よし、行くぞ」

伯慶は意気揚々と歩き出した。長い裾を引きずって、道士たちがついていく。

変わり者の高等官に、道化じみた道士たち。続くのは、霊力のない仙人と、半仙の女。

前途多難だ、と口にしかけて、やめておいた。

口にしたところで、どうなるものでもない。困難は覚悟の上。紫旗の危機を救いたい一心でここまで来た。肚《はら》をくくるまでである。


離宮の歴史は、基照国の建国に十数年先だってはじまる。高祖《こうそ》が初期の拠点としていた場所で、のちに彼の宮殿となった。

拡大した領土の中央から外れていることを理由に、二代貞宗《ていそう》の代で遷都に至ったが、今も建物は維持され、廟を守る社として機能している。

広い中庭に面した廊下を、一行は進んでいく。

高い空は心地よく晴れ渡っていた。

――明花の顔は、曇りっぱなしだが。

並みの人間よりも、明花の五感は鋭い。煤《すす》けた格好の道士たちは、全員得も言われぬ臭いを発しているが、とりわけ熊男が持つ瓶の悪臭がひどい。伯慶に尋ねたところ「魔除《まよ》けの秘薬だそうだ」との回答があった。

とにかく、くさい。

「……ひどい臭いだな」

先頭を進む伯慶が、突然そう言って足を止めた。

明花はぎょっとする。

振り返った伯慶は、耐え難い悪臭を前にした人間の表情をしていた。

自分で下町から小汚い道士どもを拾ってきておいて、今更だ。

「なんだ、この臭いは」

伯慶は繰り返した。

「くさすぎる。どこからだ？」

鼻を袖で押さえ、伯慶はきょろきょろと辺りを見渡す。

悪臭の原因としか思えない者たちが、目の前にいるというのに。

「なにも感じないのか？　臭うだろう？」

ついには、当の道士たちにまで確認しだした。道士たちは、きょとんとして、それぞれがバラバラに否定した。

(なんだ、この男)

国試あがりには、紙一重の者も多いというが、その類《たぐい》だろうか。

「くさくない？　これで？　まさか、貴女《あなた》もか？」

明花は羽扇を横に動かし、問いへの答えに代えた。熊男が馬車を降りた瞬間から、ずっと鼻が利かない。それでも、この異臭を上回る臭気がすれば、さすがに気づく。

「バカな。ここに来た途端……急に……」

伯慶は、白昼に竜でも見たような表情になった。

厨《くりや》なり厠《かわや》なり厩《うまや》なり、臭いを発するような施設は見当たらない。

わかるか？　と明花は横の照柯に尋ねた。返事は簡単に「いいえ」とだけ。

照柯の鼻にも感じ取れない臭いを、人間が感じ取っている。それも強い異臭としてだ。

そんなことがあり得るだろうか？

「バカな。仙道士でもあるまいし」

明花はそう言って「正気か？」と伯慶の顔を見た。

「なに？」

伯慶の顔が、途端に強張《こわば》る。

「霊力も持たぬただの人間に、我らにわからぬ臭気をかぎ取る能力などあるものか。お前が道士だというならば話は別だが」

人間の道士が、仙道士と遜色《そんしょく》のない能力を身につけるには、長い年月が要る。厳しい修行も必要だ。国試を経た役人に、そんな暇などあるはずがない。

小さく首を振り、伯慶は踵《きびす》を返した。

「……なんでもない。――行くぞ」

「おい」

「忘れろ」

吐き捨てた声はひどく細かった。袖で鼻を押さえているせいばかりではない。この怪しい道士たちを連れてきた時でさえ堂々としていた男が、動揺している。

「待て。李伯慶」

「忘れてくれ」

しばらく歩くと、伯慶は鼻を押さえていた腕を下ろした。

臭気が去ったのだろう。

伯慶が臭気を感じたのは、明花の立っている場所から、伯慶が腕を下ろした場所までの、わずか数歩の間だ。

（……こいつ、ホンモノか？）

一行が背を向け、歩き出した隙に、明花は廊下の欄干からひらりと庭に下りた。

「明花様、なにか？」

「照柯。そのあたりの柱に呪符《じゅふ》がないか調べてくれ」

「彼は人間《ひと》です」

表情には出さないが、照柯は不服そうだ。

「万が一ということもある。頼む」

納得しかねる様子だったが、照柯は「かしこまりました」と応《こた》えた。

仙人は生来、大なり小なりの霊力を持っている。特に、仙道局《せんどうきょく》に勤める仙道士たちは、強い霊力を持つ者ばかりだ。彼らはどんな呪詛《じゅそ》も瞬時に見つける。話によれば、『臭う』そうである。

もし、伯慶の感じる臭気が呪詛に由来しているならば、近くに呪符か呪具の類が存在する――のかもしれない。

（これで見つかるならば儲《もう》けものだ）

清明殿の役人に霊力が備わっているとも思えないが、仮に何事もなかったからといって、こちらが失うものもない。

紫旗に危険の及ぶ可能性を無視して、先に進むことはできなかった。

「公主様。なにをしている？」

伯慶が欄干から身を乗り出す。鼻を覆っているので、今立っている場所は臭うのだろう。

「李伯慶。臭気の出どころは特定できるか？」

明花の問いに、伯慶はずいぶんと迷ってから「もう少し右だ」と答えた。

（位置までわかるのか。……まるきり仙道士だな）

上からの指示に従い、明花は目を動かす。

あった。――呪符だ。

「驚いたな。本当にあった」

呪符を手でつまむ。簡単にはがれた。糊《のり》がまだ乾ききっていない。

ひと跳びで済ませたいところだが、人の目がある。明花は近場の階段から廊下に戻った。

「あったぞ」

ずい、と呪符を示せば、伯慶は「うっ」とうめいた。

くさいらしい。

重さを感じる丈夫な紙に、深い墨で書かれた流麗な文字。まごうかたなき呪符である。

「これが読める者は？」

明花は、道士らに尋ねた。

三人の自称道士たちは、顔を見合わせ、黙る。

呪符に用いられる文字は、中原《ちゅうげん》にかつて存在していた文明のものだ。仙人の知識階級はこの古文字を好んで使うが、人の世ではまず見かけない。古文書や遺跡に残る碑文の他といえば、道士が扱う呪符くらいのものである。

「では、この呪符が読めた者には、銀五銭を贈呈しよう」

明花の目配せを合図に、照柯が絹の袋をチラつかせる。じゃらり、と重い音が立った。

三人は食らいつく勢いで、同時に「家内安全!」「健康長寿!」「子孫繁栄!」と叫んだ。

明花は伯慶にも「お前、わかるか?」と聞いたが、返ってきたのは「わからん。とにかくひどい臭いだ」という答えだけだった。

「ひとまず、諸兄諸姉にはお帰り願おう」

呪符の存在にも気づけず、古文字も読めぬ道士に用はない。

「おい、勝手なことを言うな。私が探してきた、頼みの綱だぞ?」

伯慶の制止を無視し、明花は続けた。

「今日は面倒なことに巻き込んですまなかった。詫《わ》びといってはなんだが、ゆっくり酒でも飲んでくれ」

照柯が、銅銭を五枚ずつ道士らに手渡す。下町ならば、潰《つぶ》れるだけ飲んでも余る額だ。

明花は「ついでにこれを始末しておいてくれ」と呪符を老人に渡した。

道士たちはぺこぺこと頭を下げ、逃げるように帰っていく。

彼らの姿が遠のき、清い風が身体を洗った。

やっと明花の鼻にも、離宮で焚《た》かれる緑香が感じられる。

「祥《しょう》明花。なぜ帰したのだ。彼らなしでは、呪詛を見つけることもできんぞ！」

「まだ臭うか？」

「いや。……まったく臭わない」

伯慶は袖を下ろして深呼吸し、もう一度「もう臭わない」と言った。

（ホンモノだな、これは）

霊力が備わっている理由は謎だが、この男の鼻は確からしい。

「あの道士たちよりも、お前の方が鼻は利く。あの道士たちに読めぬ呪符が、私には読める。ならば道士たちは要らんだろう」

「貴女には、あれが読めたのか？　ミミズがのたくったような字だったぞ」

「まぁな。……しかし、まずいことになったぞ」

明花は唇を歪《ゆが》めて、腕を組んだ。

「まずい？　なにがだ？　呪符は始末した。一件落着ではないか」

「仮に、我らは山越えの最中だとしよう。想定される最悪の事態は、熊との遭遇だ。そんな我々が、今、熊の足跡と、新しい糞《ふん》を見つけた」

「……どういう意味だ。俺にもわかるように言ってくれ」

「あの呪符は、熊の足跡と糞だ」

伯慶は怪訝《けげん》そうな顔で首を傾げた。

「なに？　そもそもあの呪符にはなんと書いてあったのだ？」

「『この呪詛、速やかに成就せよ』」

伯慶が、大きな目をさらに大きく見開く。

「標的は？　まさか世子様ではあるまいな」

「誰が誰を呪います、なんぞと書いて、こんな目立つところに貼るバカがいるか。……あの呪符は、呪詛本体を守るためのものだ。単体では無害だが、取り除いても本体の呪詛は払えない」

「貴女は、あの呪符を、熊の足跡のようなものだと言ったな。すると、呪詛の本体は、この近くにある……のだな？」

明花は羽扇をゆるりと動かし、長い睫毛《まつげ》をゆっくりと上下させた。

「そうだ。ごく近く――間違いなく、この離宮内にある。その上、呪符を貼った糊は新しかった。呪詛が仕掛けられたのは、ごく最近のはずだ」

参拝の日程は、毎年同日と決まっている。

その直前の今、この離宮に呪詛が仕掛けられたのだ。狙いは容易に想像できた。

「世子様を狙った可能性が極めて高いな。……くそ。今からでも仙道士を呼ぶべきか」

「無駄だ。今から早馬を飛ばしたところで、紫旗の離宮入りには間に合わない。間に合ったところで、連中がおとなしく言うことを聞くと思うか？」

「だが、わけのわからん呪詛のある離宮に、世子様をお迎えするわけにはいかんだろう。国の未来を背負う大事なお身体だ」

「それよりも気になることがある。お前——」

明花は柱の陰に伯慶を引き込み、胸倉を片手でつかんで、ぐいと持ち上げた。

「何者だ？　説明してもらおう」

「お、下ろせ！　殺す気か！」

もがく伯慶の足が、宙を泳ぐ。

「返答しだいだ。最近の国試には、霊力の試験でもあるのか？」

「ぐ……そんなものあるかッ」

「なぜ、道士でもないお前に霊力が備わっている？」

「知るか！　三書五経に一法二律。暗記するだけで十年かかる！　清明殿の文官に必要なのは、国への忠誠と、正しい知識と、我が身を律する心だ！　わけのわからんまじないの力などではない……ッ！」

一気に言い切ると、ぐっと喉《のど》をそらせ、伯慶は苦し気にうめく。

「この私を担いで、ただで済むとは思わんことだ」

明花はわずかに腕を下ろし、伯慶のつま先を床に着けた。

「おい、待て。俺を疑っているのか？」

「役人は信用ならん。なにが目的だ。言え。もしやお前、仙道局の――」

「俺には、アンタを騙《だま》す理由がねェ！」

突然、伯慶の口から飛びだしたのは、湖邑の訛《なま》りだった。

これまでは、清明殿の役人らしい都言葉を使っていたというのに。

海邑の豪商の倅《せがれ》が、湖邑訛りで話している。――そういえば『楽園』のことも知っていた。それだけではない。

商人の子らしからぬ要素は他にもあった。

まず、昨夜の見栄《みえ》の欠片《かけら》も感じさせない袍《ほう》。学生のように酒楼で肉まんじゅうを一つだけ買って帰り、ボロボロの馬車を雇う。連れてきた道士もいかにも最安値だった。

出身ばかりか、出自までも偽っていたとは。呆《あき》れた男だ。

「私にそれを信じろと言うのか？　臭いで呪詛を嗅《か》ぎあてるなど――ただの人間にできることではないぞ」

明花は険しい表情で詰め寄る。

ここで李伯慶は、以下のような回答をはじめた。

「茶館に駅舎の役人を入らせるだけで、銅五銭だぜ？　茶代で十銭。雇うのに二十銭。桂《けい》門《もん》に入ってからの宿代も、今日までで五十五銭かかってやがる。馬車代だって片道で銀銭が飛んじまった。流れ者を雇うのに七銭を人数分。アンタの店で食事をさせんのに五銭ずつ。あァ、アンタの店の価格は、良心的だな。酒も安いのに、量が多い」

すごくいい、と言って、伯慶は一度呼吸を整えるために言葉を止めた。

「……なんの話だ？」

明花は首を傾げた。まったく回答になっていない。

伯慶は息を吸い、湖邑訛りでいっきにまくしたてた。

「あの道士たちにだって、銅銭握らして……いや、とにかく、アンタを見つけんのは、公務じゃねェから全部自腹だって話だ。交通費、宿泊費、人件費、必要経費の飲食代。しめて銀三銭と銅四十三銭二厘。次の給金が出るまで、毎食白包《まんじゅうのかわ》しか食えやしねェ！　それだけじゃねェぞ。桂門にいるってのに、炸子鶏《とりのからあげ》も、叉豚焼《やきぶた》も食えねェんだ。その俺が、食事代を犠牲にしてまで呼んだのが、あの道士どもだぞ？　手前にそんな力があるとわかってたら、あんな連中、わざわざ雇わねェ。代わりにたらふく炸子鶏を食ってた！」

なるほど。たしかに、あれだけの鼻を持っているのだ。自覚があればあんな道士どもは連れてこなかっただろう。

明花は手の力を緩めた。かかとまで床につけた伯慶は、ぜェぜェと肩で息をしながら「このバカ力め！」と今度は都言葉で毒づいた。

「霊力なんぞ、俺にはない。断じてないぞ！」

「並みの人間に、呪符《じゅふ》を嗅覚《きゅうかく》で見つけることなど不可能だ」

なにが霊力だ！　と伯慶は毒づいた。

（得体の知れない男だ）

明花は伯慶から手を離し、腕を組んだ。

「質問を変える。なぜ、呪詛《じゅそ》の存在に気づいた？」

「くさかったんだ。本当に。海邑の市場の裏のような臭いだ」

「私の鼻には、なにも臭わなかった。その臭気を感じたのは、あの場でお前だけだ」

伯慶はまずいものでも食べたような顔で、目を泳がせる。

明花は、伯慶のやや明るい色の瞳《ひとみ》から目を離さず答えを待った。

よほど舌が重いらしい。伯慶は大きなため息をついてから、歯切れ悪く話しはじめる。

「……昔から、そういうことは何度かあった。いくら俺がくさい、と訴えても、俺以外の人間は誰も気づかない。李家の母屋も、いつもくさかった。だから、離れに住んでいた。父が道士を呼んで祈禱《きとう》させたが、一向によくならないどころか、連中がいる時の方が、よほどくさかったんだ。だから、俺は海邑の道士を信用してない」

「結論を言え。お前、何者だ？」

伯慶はまた深い息を吐いた。足元を見、庭を見、目を閉じ、しばらく黙る。

「……何者でもない。ただの文官だ」

やっと答えた声は、小さく弱い。

「明花様。人が」

照柯の声に、明花は辺りに目を配る。——足音が聞こえた。

未来の宰相を締め上げているところを、宮官に見られるわけにはいかない。

明花は伯慶の襟首をつかみ、手近にあった扉を開け、そこに無造作に放り込んだ。

「うぉっ」

伯慶の身体は、船倉に投げ込まれた荷さながら、勢いよく壁にぶつかった。

明花は自分も部屋に入った。照柯が外から扉を閉める。

足音は途中で方向を変え、次第に遠ざかっていった。

部屋の壁には、書画がいくつかかけられていた。見たところ、幹《かん》代の名書家・啓泉《けいせん》と、水墨画の名手・裕秀《ゆうしゅう》の作品のようだ。

啓泉は、紫旗が好む書家だ。この手蹟《しゅせき》を手本としている、と聞いたのは二年前のことだった。端正で泰然とした作風は、好む人の人柄をうかがわせた。

年に四半刻しか会えずとも、明花にとって、紫旗は何者にも代えがたい存在である。

絶対に、失えない。

彼の命を脅かす者は、何者であろうとすべて敵だ。

伯慶は「イテテ」と言いながら上半身を起こす。

「くそ、なんてバカ力だ！」

「昨夜、間近で力の程は見せただろう？」

「……夜のことだ。見間違いだと思っていた。……あり得ない」

「先に答えろ。お前、連中の手先か？」

「連中？」

伯慶は「誰のことだ？」と怪訝そうに明花を見上げている。演技ならば大したものだ。

「仙道局の指示で、私と接触したのか？　と尋ねているのだ。答えろ」

「違う！　俺は、俺の意志で桂門まで来た」

「人間《ひと》の口を割らせる方法は、いくつか心得ている」

グッと拳《こぶし》を握って見せれば、伯慶は両の手のひらを明花に向けた。

「待て。待ってくれ。それは違う。それだけは違うぞ。仙道局と接触したことは、一度もない！」

「では、お前は何者だ？　答えろ」

返答次第では、始末するつもりでいる。別段、難しいことでもない。伯慶の方も、明花が本気であることを感じ取っているはずだ。額には冷や汗が浮いている。

これほどの危機的状況にあるにも拘《かか》わらず、伯慶は、まだ答えを口にしなかった。

「……待ってくれ」

「私は気が長くない」

「見ればわかる。……だが、頼む。待ってくれ」

命も危うい、という状況で、それでも答えを拒むならば、いよいよ怪しい。

明花は、じり、と一歩伯慶に近づく。

伯慶の頬に一筋汗がつたった。

霊力のある人間が、そこいらに転がっているはずがない。仙道局の差し金ならば、こちらを陥れる作戦とも考えられる。

(一体、なにが目的だ?)

悪い想像はとめどなく溢《あふ》れてきた。

羽扇を帯にさし、右拳を前にして構えを取った。

待て、と伯慶はもう一度言って、目を閉じる。

そして深く息を吸ってから、

「……祖父と父が、道士だった」

やっと声を絞り出した。

明花は眉《まゆ》をきゅっとつり上げて「ほぉ」と大げさに驚いてみせる。

「まんまと騙してくれたわけか。いい度胸だな、小僧」

改めて構え直す。伯慶は尻《しり》であとずさりして「待て！」と叫んだ。

「俺は養子だ！　珍しくもないだろう。遠縁の利発な子供を養子にして、公試を受けさせる。ありふれた話だ。李家とは、相当に遠いが、本当に縁はあった。……経歴を隠しているのだ。貴女《あなた》だけを騙したわけではない。養父の意向で、李家に入ったその日から、周囲を欺いてきた。清明殿に俺の素性を知る者はいない。道士の……貧民の子では清明殿の頂点には立てないからな。他言無用に願う」

かかった手間と時間の割に、大した話でもない。

明花は拳を下ろした。

「……道士の子か」

多少鼻がきいたところで、道士の子ならば不思議はない。

「人には言わないでくれ。恥になる」

「仙道局の手先でないならば、お前がどこの誰だろうと知ったことではない」

「貧民では、宰相になれん！　国試一等だろうと、書類整理をさせられ、貴族どもに顎《あご》で使われて一生が終わる！」

すぐに伯慶は、激高した自分を恥じるように額を押さえた。

「口外はしない。吹聴《ふいちょう》したところで私に利はないからな。お前を始末する時は、小細工など弄《ろう》さず、黙って『楽園』に送ってやる」

生まれが選べるわけでもなし、しょせん、どこで生まれようと人は人だ。この男に霊力が備わっている、ということ以外、明花に関係のないことだ。

「もう少し言い方はねェのかよ」

伯慶は衣服の乱れを直しながら立ち上がった。また湖邑訛りになっている。

「邪魔ならば消す。それだけだ。……それで？　道士としての修行は積んだのか？」

この話題、伯慶にとっては忌々《いまいま》しいばかりらしい。鼻にシワをよせて「いや、積んでおらん」と答えた。ちょうど、しつこい客が来た、と憤慨する双子たちと同じ表情だった。

「湖邑の生家は五歳で出ている。ほとんど覚えてもいない。繰り返すが、俺には霊力などないぞ」

「霊力でもなければ、呪符の臭気をかぎ当てることなど不可能だ」

明花はゆったりとした動作で、扉近くの椅子に腰を下ろした。

羽扇をひらひらと動かす。あらいざらい吐かせるまで、逃がすつもりはない。

チッと舌打ちをして、伯慶は「霊力などない」とまだ言い張っていた。

「だいたい、俺は臭気の区別もつかない。呪詛だかなんだか知らないが、特有の香りがあるわけではないのだ」

「では、李家で感じた臭いと、先ほどの呪詛の臭いは別か？」

「違っている。実家では、白粉《おしろい》のような臭いがしていた。女の出入りしない場所だったが。

さっきのは、厨《くりや》が近いわけでもないのに、生臭い……海邑の漁港のような臭いがした。どちらも、そこに白粉なり魚の肝なりがあれば、俺はその所為《せい》だと理解しただろう」

ふむ、と明花は羽扇を一つ撫《な》でた。

能力の自覚もなく、臭気の理屈もわかっていないらしい。

（しかし、使いようによっては、役に立つ）

――仙道士不在の穴を埋められるのではないか。そんな期待が明花の中にある。

「ここは離宮だ。街中のように雑多な臭いはしないだろう。強い臭気を感じる場所に、呪詛があると判断できる」

「まぁ、そうかもしれんが……いや、しかし、俺はなんの修行も積んでいないのだ。道士が生来の素質だけで務まらんことくらいは知っている。古文字も読めない。国試には出ないからな」

「古文字は一通り読める。問題ない」

ひどい渋面のままでいた伯慶が「ん？」と首を傾げた。

伯慶の鼻と、明花の目。

そろえば、仙道士の真似事くらいはできる。

ますます伯慶の顔にはシワが刻まれた。

「俺と貴女とがいれば、道士に頼ることなく呪詛が見つけられる……ことになるな」

「少なくとも、あの道士どもよりは、役に立つだろう。その鼻を貸せ。李伯慶」

　チッとまた伯慶は舌打ちした。

「俺には、霊力などない。なんの役にも立たんぞ」

「それが返答ならば、縛り上げて離宮中を連れまわす。お前の顔色が変われば呪詛が近いということだ。……縛られて探すか、縛られずに探すか。好きに選べ」

　返事を待たず、スッと立ち上がる。

　伯慶は、げんなりとした顔で「わかった」と答えた。

　諦《あきら》めの悪い男だが、明花の出した条件が脅しでないことはわかっているようだ。

「……協力する。これも世子様のためだ。臭気を感じ次第、貴女に伝えよう。縄は結構だ」

「賢明な判断だ」

　明花とて、古文字など好んで読みはしない。

　捨てた過去に関わる事柄は、どれも忌まわしいばかりだ。その点で、伯慶の眉間《みけん》のシワの深さは理解できないこともなかった。

　だが、躊躇《ためら》う理由にはならない。紫旗を守ることの他に、大事なことなどないからだ。

　心の痛みなど、取るに足らない些事《さじ》である。

　勢いよく部屋の扉を開けた。

　広大な中庭の向こうに、北棟が見えた。紫旗の滞在する斎室がある場所だ。

「よし、行くぞ、犬」

「犬じゃねェよ」

明花の号令に、伯慶はまた湖邑訛りで返した。なにも覚えていないという割に、故郷の言葉は身体に染みついているらしい。


白石の敷き詰められた渡り廊下を、一行は進んでいく。

目指すは、北棟の斎室である。

斎室は寝室も兼ねており、滞在中、紫旗が最も長い時間を過ごす場所だ。呪詛《じゅそ》を仕掛けるとすれば、まずそこだろう。

果たして呪詛は、あるのか、ないのか。

(まったく、仙道局の連中め!)

だんだん腹が立ってきた。

仙道士がいさえすれば、とうに解決していた事態である。

(それほど紫旗が疎ましいか!)

紫旗も明花も、好き好んで半仙などに生まれたわけではない。

腹立ちのせいで、足の動きはやや速くなった。後ろで「加減しろ!」と伯慶が叫んでいたが、気にしなかった。跳ねるでもなく、走るでもなく、歩いて移動しているのだ。宮官に大層な健脚だと思われるのがせいぜいだろう。

北棟が近づくにつれ、緊張は増す。

今上帝は、実子に恵まれなかった人だ。七年前に病死した前紫旗より以前に生まれた年長の二人の男児は、どちらも乳飲み子のうちに死亡している。三男の前紫旗と、五男の現紫旗までの間にも、三人が幼児期に世を去っていた。

紫旗の異母弟妹にあたる二人の男児と一人の女児はいるが、いずれもまだ幼い。

対して、今上帝の弟である六人の王たちは、いずれも健康な男子を授かっている。

今上帝の弟たちは、それぞれに野心家だ。

謀反を企てるほどの狂暴さはないが、あわよくば、とは思っているだろう。洋明王《ようめいおう》あたりになると、自身の子に紫旗と同等の教育を施している。

仙道局は、仙人の定めた則《のり》に従順だ。いかに紫旗を疎ましく思ったところで、自ら手を汚すような真似はしない。

だが、もし、今上帝の弟たちの野心と、仙道士の思惑が、同じ方を向いていたら？

この仙道士の不在が、紫旗を抹殺するための謀《はかりごと》であったら？

想像するだに恐ろしい。

紫旗の異母弟妹は、それぞれ母親が違う。その三人の生母たちの実家とて、なにを考えているか知れたものではない。

祈るような思いで後ろを振り向く——が、肝心な伯慶の姿はなかった。

「おい！　犬！」

照柯が「まだ東棟のあたりです」と答えた。

目で探せば、まだ北棟につながる廊下の角さえ曲がっていない。

それもぜぇぜぇと荒い呼吸で、身体は前に傾いでいる。

「清明殿の文官は、脆弱《ぜいじゃく》だったな。忘れていた」

「——いえ、違うようです。様子がおかしい」

伯慶は、鼻を袖《そで》で押さえている。

「……ん？」

たしかに、おかしい。

到着を待つ気で欄干に腰かけていた明花は、伯慶のいる場所まで引き返した。

伯慶の額には、汗が浮いている。

「臭うのだな？」

「貴女は本当に、まったく感じないのか？　そこいらに生えている野の花を、腐らせて煮詰めたような臭いだ！」

辺りの空気を、注意深く感じようと努める。

明花の鼻に感じられるのは、緑香の爽《さわ》やかな香りと、中庭に咲く紫香花《しこうか》のかすかな香りくらいのものだ。

臭気と呼べるようなものは、まったく感じられない。

明花の鼻にも感じ取れない臭気。ならば答えは一つだ。

「やはり、紫旗を狙った呪詛か！」

柳眉《りゅうび》を逆立て、遥《はる》か遠い興京《こうけい》をにらむ。

紫旗が一体、なにをしたというのだろう。次期皇帝の地位は、異母兄の死によって転がり込んできたものだ。

彼は運命を受け入れ、謙虚に学び、いずれ基照国を統べる日のために研鑽《けんさん》を続けている。

今上帝の弟たちか。仙道局か。今上帝の貴妃や夫人たちの実家か。

誰であろうと、許せはしない。

この卑劣《ひれつ》な企《たくら》みを、なんとしても暴いて見せる。

幸いにして、こちらには鼻のきく者がいる。呪詛を見つけることは、できるはずだ。

一筋に続く渡り廊下のつきあたりに、荘厳な扉がある。斎室だ。

明花はキッと扉を見すえ、廊下を大股《おおまた》に歩いていった。

白装束の衛兵がそろって頭を下げる。

「人払いを」

衛兵たちは、突然の命令に戸惑いを示し、顔を見合わせた。

今度は遅れずについてきた伯慶が、衛兵と明花の間に入った。

「諸君。不吉の卦《け》を払うために、調べねばならぬことがある。この扉から、五十歩離れたところまで下がるように」

衛兵は、大きな扉を開けた後、静かに下がっていった。

中で羽箒《はねぼうき》を動かしていた宮女たちが、扉が開くなり頭を下げる。

「一刻ほど、外してくれ。不吉の卦を払わねばならぬ」

伯慶の説明に、宮女たちはそろって「かしこまりました」と答え、下がっていった。

不吉の卦、というホラは、有効に機能しているようだ。

一歩、斎室に踏み込む。

緑香がいっそう濃く香った。

背の方で「うぅ」とうめく声がして振り向けば、青い顔をした伯慶が鼻を押さえていた。

「……鼻が曲がりそうだ！」

衛兵や宮女とは、涼しい顔で話していたが、取り繕っていただけだったようだ。たしかに、この清《すが》しい香りのする場で、くさい！　とわめいていれば、正気を疑われる羽目になるだろう。正しい判断だ。

「臭いをたどれ。呪詛の依代《よりしろ》を探すぞ。呪符か、呪具か知らんが、なにかあるはずだ」

この斎室は、七年にわたって毎年足を運んだ場所だ。内部の様子は記憶している。

昨年までと、大きな変化はない。

中央には寝台。壁に掛けられているのは、紫に染められ、鷹《たか》の刺繡《ししゅう》が施された錦《にしき》の旗だ。紫旗、の雅称の由来となった、禁衛軍の旗である。

調度品はわずかで、格子棚には香炉や硯《すずり》が品よく置かれていた。

そして——蠟燭《ろうそく》。

伯慶は、斎室を見渡して「ん？」と首を傾げた。

左右の壁に沿って設けられた三段の棚。棚の上には蠟燭がびっしりと並んでいる。

「この蠟燭……貴女の部屋と同じだな」

壁一面の蠟燭。

伯慶はわずか一昼夜の間に、二度、この壁一面に蠟燭を配した部屋を見ている。

離宮の斎室と、明花の書斎だ。

「だったらなんだ」

「なにか意味があるのか？」

明花の眉頭《まゆがしら》が、ぐっと寄る。

好ましくない話題だ。

「呪詛探しが先だ。口を動かすな」

磨かれた水晶を手に取り、それを裏に返した。

「宗教的な儀式の一種のようにも見えるな。西域あたりの——」

伯慶は、まだ話を続けている。

(いちいち、人の神経を逆なでする男だな)

一時的に手を組んでいるだけの男に、これ以上の詮索《せんさく》をされては敵《かな》わない。

それまで黙っていた照柯が、物騒な目で伯慶を見、それから明花を見た。

殺すな、と明花は水晶を棚に戻し、手ぶりで止めた。

腹立たしいことだが、まだこの男には用がある。だが、野放しにするつもりもなかった。

「青二才。ここで確認しておこう」

明花はつかつかと伯慶の前まで近づき、羽扇を胸に擬す。

「若造だの青二才だのと言うが、そう年齢は変わらんだろう」

「年齢などどうでもいい。私は、お前が漁師の子だろうと、博徒の子だろうと構わない。手を組んだのは、紫旗を守るという目的が共通していたからだ」

さほど変わらない位置にある伯慶の目を、まっすぐに見る。

用があるのは、この男の能力と地位、紫旗を守りたいという意志だけだ。

「確かに。貴女《あなた》に角が生えていようと、目が光ろうと構わない。世子様をお守りしてくれさえすれば、それで十分だ」

伯慶は鼻を押さえたまま、明花の目を見て言った。

この男とて、明花の能力と地位、紫旗を守りたいという意志以外に用はないはずだ。

「よし。ならば余計な詮索はするな。私は、そうした無礼に対して寛容ではない」

「悪かった。今のはこちらの落ち度だ」

伯慶は、あっさりと退《ひ》いた。鼻を押さえていない方の手を、胸の前に上げる。

「都合の悪い情報を握られた場合、私の取る手段は一つだ。——わかるな？」

羽扇の先を、喉《のど》の位置まで上げれば、ごくり、と伯賢の喉が鳴った。

「俺もそんなにバカじゃない。貴女を敵に回すような真似は絶対にしないと誓う」

命は惜しい、と伯慶はつけ加えた。

「賢い選択だ」

明花は伯慶に背を向け、作業に戻った。

香炉や、硯を慎重に調べる。照柯は寝台の下や棚の裏を探っていた。

それぞれが言葉もなく動いていたが、突然、伯慶が「わからん！」と大きな声を出した。

「あたりに香油をまき散らされたような具合だ。鼻がきかん。いったん外に出る！」

伯慶は大股で斎室を横切り、窓を開けて露台に出ていった。

涼しい風が入ってくる。明花は心地よさを感じたが、伯慶はすぐに戻ってきて「外もくさい」と額に汗を浮かせて言った。顔色がいよいよ悪い。

「厄介だな……」

明花は、斎室を見まわして唇を歪《ゆが》めた。

一通り調度品を調べたが、呪符《じゅふ》らしいものは見当たらない。呪詛《じゅそ》には、依代が要る。壺《つぼ》や甕《かめ》、箱の類《たぐい》に呪符を入れる場合が多いが、いざとなれば路傍の石に直接文字を書き、依代と呪符を一体化させることもできる。

霊力を持たない者が、呪詛を探しあてるのは、簡単なことではない。

頼みは伯慶の鼻だけだが、うまく機能しているようにも見えなかった。

「おゥ、ここにいたか。配備は済んだぞ」

そこにのっそりと巨漢が現れた。叔賢《しゅくけん》だ。

今日は、さすがに規定の黒い着物と赤銅色の胴当てを身に着けている。戟《げき》を携えた姿は、もう博徒には見えなかった。

「ご苦労だったたな。叔賢。五団の兵は動かせたか？」

「あァ。桂門は紫旗様びいきだからな。二つ返事だ。しかし、うちの五団だけで足りるか？」

「記録に残さず済ませたいのだ。こちらも顔を晒《さら》している。いつもの顔ぶれが望ましい。今回は焼き払うわけにもいかないからな」

叔賢は、広い離宮の中庭を眺めながら「さすがに焼けねぇなぁ」と言った。

「で、そこの小哥《にいさん》は、なんだって鼻を押さえてんだ？――ははァ、さては明花に軽口でも叩《たた》いて鼻を折られたな？　オレも会ったばかりの時に、一回折られた」

「違う。ほっといてくれ。臭うんだ」

伯慶が言うと、叔賢は忙《せわ》しく鼻を動かしながら、こちらを見た。

「なんの話だ？　なにが臭う？」

「呪詛だ。紫旗に害をなす呪詛が離宮に仕込まれている。この男の鼻のお陰でわかった」

明花が説明をした途端、叔賢が戟を頭上で一振りした。

ぶぅん、と空を切った戟の切っ先が、伯慶の目の前に迫る。

「お前、連中の手先か！」

叔賢は、仙人と人との間を繋《つな》ぐ役割を担ってきた恭氏の末裔《まつえい》だ。仙人に関する情報は、彼の代まで伝わっている。そして、奴婢《ぬひ》同然に扱われてきた一族の怨恨《えんこん》もまた、伝わっていた。仙人に対する憎悪は強い。

伯慶は「違う！」と訴えた。

「祥明花！　貴女から言ってくれ。疑いは晴れたはずだ。俺は仙道局の手先じゃない！」

「他言無用と言っていただろう」

「融通きかせろよ！　そこは！　首が飛ぶ！」

本人の許可も取ったところで、明花は簡単に説明をした。

「心配するな。ただの人間だ。身内に霊力を持った者がいたらしい。鼻だけが利くというので、犬として使っている。お陰でこの斎室の近くに呪詛が仕掛けられていることがわかった。有益だ。怪しいとわかれば、私の手で始末するから心配するな」

叔賢は「そんならいいが」と戟の尖端《せんたん》を天に向ける。

「他言無用に願う」

伯慶は叔賢に念を押して、作業に戻った。

「話を戻すが——この一帯に呪詛があることは間違いないが、依代がどこにあるかわからんのだ。今、それを探している」

「依代？　連中のまじないのことまでは知らねェぞ」

「呪符を貼りつけた物体のことだ。一般的なのは壺か、箱か……外から呪符が見えんようにしてあることが多い。捜索には時間がかかるだろう。警備は任せる」

「おゥ。今、離宮にいるのは、宮官の他に、先発の護衛が三十人。それと鄭《てい》夫人の侍女が三人。昨日のうちに離宮に入ってるそうだ。照柯、ちょいと手ェ貸してくれ。宮女と、夫人の侍女の面を確認しといてもらいてェ。今は休憩中で、西棟にいる」

照柯は短く返事をし、一礼して出て行った。

「……そうか。今年は、夫人を伴っているのだな」

離宮に近日中に来る貴人といえば、紫旗以外にいない——と頭に血を上らせていたが、他にもいることを今更思い出した。夫人も同行しているのだ。

昨年、紫旗はまだ独り身だった。次の正月に妻を迎えることだけは決まっていて、なにを喋《しゃべ》ればいいかわからない、と途方に暮れていたのを覚えている。

迎えた夫人は二人。洪《こう》氏と、鄭氏。どちらも十七歳の貴族の娘だ。同時に未来の皇后たる貴人も迎えられることになっていたが、楊《よう》氏の娘は入内《じゅだい》直前に流行《はや》り病で亡くなっており、現在の紫旗の妻は二人の夫人だけである。

「その呪詛ってのも、紫旗様じゃなく、夫人を狙ってるかもしれねぇわけか。女同士の揉《も》め事《ごと》って線もあるな。夫人二人は仲が悪《わり》ィんだろ？」

なァ、宰相さん、と叔賢が問えば、伯慶は「仲は最悪だ」と答えた。

噂は耳に届いている。明花は手を大きく広げて肩をすくめた。

「そうとわかればすぐに手を引く。勝手に取っ組み合いでもしていればいい」

叔賢も同じように肩をすくめる。

「こっちだってごめんだ。――あァ、そういや、さっき連絡があったぞ。紫旗様は浅川宿《せんせんしゅく》にお着きだ。離宮には予定通り、明後日、六日の午後入られるそうだ」

到着は明後日の午後。二日ある、とも言えるが、二日しかない、とも言える。

手探りでの呪詛探しだ。どれだけ時間がかかるか、見当もつかない。

「オレたちは西棟の厨《くりや》の横を拠点にした。なにかあればそっちに連絡をくれ」

頑張れよ、犬、と手を振って叔賢が出ていく。

伯慶は、犬ではない、と返した後「ダメだ」と呟《つぶや》き天を仰いだ。

「鼻がきかん。……いったん外に出てくる。臭気の境を調べてこよう」

「そうだな。斎室の中にあると決まったものでもない」

「しかし、こうなると仙道局が機能していたのだと、認めざるを得ないな。宮廷で、謎の臭気を感じたことは一度もなかった」

ため息をもらしつつ、伯慶は露台の階段を下りていった。

庭を歩き、しばらくして手を下ろす。

胸を開いて深呼吸をしているので、巨岩の一帯は臭気がないようだ。

また、伯慶がサッと鼻を覆った。あの植え込みのあたりはくさいらしい。

伯慶の動きだけで、臭気の有無が判断できる。

(これでなぜ、特定できない？)

最初の呪符の位置は、正確に言い当てることができた。能力に不足はないはずである。

明花は庭に下りた。

やはり、なんの臭気も感じない。緑香よりも、やや草花の匂いが強くなった程度だ。

(こちらの問題ではなく……あちらの問題か)

明花に気づき、伯慶は鼻を押さえた格好で振り返る。

「臭気のない場所まで移動しろ。話がある」

「そうさせてもらう」

数歩歩いたところで、伯慶は深く呼吸をし「いい空気だ」としみじみとかみしめるように言った。表情も明るい。

「位置の特定は、難しいのだな？」

「あぁ、難しい。境はわかるが、越えた途端に見失う。昼に見つけた呪符は、蟬の声をどれば蟬がいるように見つけられたのだが……」

「今、考えていたのだが……これは、お前の鼻の精度の問題ではなく、呪詛をしかけた側の――道士の腕の問題かもしれん」

明花は細い頤《あご》の線を、指でなぞった。

「どういう意味だ？」

「通りやすい書類があるように、通りのいい呪符がある。よい紙で、よい墨。達筆で、式が整然としている。……先ほど見た呪符は、よくできていた。あれを書いた道士は相当な使い手だろう」

「なるほど。どこの世界にも、手練《てだれ》はいるものだな」

「先ほどの整然とした呪符は、ごく単純な補助用のものだ。本体となると話は違う。高度な呪詛ほど、本体の式は複雑になる。高名な詩人の言葉が、美しい、という一事に百の言葉を連ねるのに近い。目くらましをされるような具合だ。この呪詛には、そうした目くらましが施されているのかもしれない」

「……ややこしい話だな」

いくら鼻が利く、と言っても、伯慶は修行を積んだ道士ではない。経験豊富な道士の目くらましを見破る能力まで求めるのは酷だろう。

そう言う明花も、古文字を読むことができるだけで、霊力の類はないのだ。

明花に古文字を教えた女性は、仙道局の女官だった。

古文字だけでなく、茶に書、香。歴史。武術。彼女が明花に授けた教育は多岐にわたる。

その中には、仙道士の仕事に関する知識も含まれていた。だが、受け手の明花がさほど興味を持たずに聞いていたため、細部は漠然としたままになっている。

「どうにも、旗色が悪い」

対する道士は、どうやら腕ききらしい。弱音もこぼれるというものだ。

「しかし、主犯は腕の立つ道士を雇える立場の人間……とすれば、ますます放ってはおけん。よし、まずは境を明らかにしてこよう」

明花の弱音と裏腹に、伯慶は奮起して探りはじめた。へこたれない男である。

この打たれ強さは見習いたいところだ。気を取り直して、明花は斎室に戻った。

もう一度調度品を調べよう、と棚に手を伸ばした時、扉が鳴った。

扉が開き、そこには宮女が数人、手の甲を重ねて、深く頭を下げていた。

「恐れながら、宮女一同、華仙公主様に謹んで申し上げます――」

恭しく語られた話を要約すれば、昼二刻から夕四刻までの間、この斎室では無人の状態で香を焚《た》くのだそうだ。それはたとえ紫旗が滞在中であっても変わらぬ儀式であって、協力してほしい、という内容である。

こうなると明花の答えは「わかった。すぐに出る」の他にない。言えてもせいぜい、邪魔をしてすまなかった、とつけ足す程度だ。

呪詛の依代《よりしろ》探しを中断し、いったん斎室から出ざるを得なくなった。


中庭の大きな池に浮いた小島に、四阿《あずまや》がある。

人の耳を避けるのにはちょうどいい。茶を勧められ、明花はその場所を指定した。

事態は予想以上に深刻である。出された茶の香りを楽しむ余裕もない。

いかに明花が、常の人より体力があるとはいっても、疲労は感じる。

茶と共に甘い柑皮《かんぴ》でも口に入れよう、と壺を見れば、もう空だ。

横で伯慶は、手に山のように盛った二人分の柑皮を、むしゃむしゃと食べていた。いちいち人をいら立たせる男である。

「祥明花、ひとまず作戦会議といこう」

「犬の鼻があれば、すぐにも見つかるものと思ったが……甘かったな」

「俺は犬ではない。……しかし、見通しが立たないのは事実だ。ここは世子様に別の部屋をご用意するか、参拝の日程を遅らせて……いや、ダメだ。それだけは避けねば」

伯慶は、自らの提案を強く否定した。

滞在する部屋の移動や、日程の変更は最後の手段だ、と明花も思っている。

参拝は物見遊山とは違う。細々と規則があり、変更も占術によって定められた範囲でしか行えない。

「あぁ。参拝を瑕疵《かし》なく、かつ滞りなく終わらせることが最善だ」

明花が言えば、伯慶は「まったくその通りだ」と同意を示す。

国家の安寧を願う儀式である。大きな瑕疵は不吉だ。不吉は不徳の証《あかし》。紫旗の座を狙う者に、隙を見せることにもなりかねない。

秘密裡《ひみつり》に済ませるために、呪詛《じゅそ》の除去は急務である。

(さて、どうしたものか……)

庭の緑の中を、茶器を持った宮女たちが近づいてきた。

茶会は、正式な形では三種、略式でも二種は茶を替えるのが作法だ。

卓の上の茶器を一式替えて、宮女たちは去っていった。

新たな芳香が、わずかに明花の心を癒《いや》した。

「幽林《ゆうりん》だな」

やや苦味をともなう、清らかな香りを味わう。

「さっきの茶と、違いがわからん」

伯慶は、茶杯に鼻を近づけ、首を傾げている。呪詛の臭いはわかっても、鼻が敏《さと》いわけではないらしい。

「苦味と渋みに、独特の癖がある。産地は北部の、隆志国《りゅうしこく》が有名だ」

「清明殿に茶会はない。役立たずの貴族どもは、毎日楽しんでいるがな」

「桂門商人の倅《せがれ》が、茶に疎いのはまずかろう」

片眉《かたまゆ》だけを上げ、伯慶は茶と一緒に運ばれてきた干し柿を口に放る。

「まずくはない。国試に専念していたと言えば通る」

すぐにもう一つに手を伸ばそうとするのを、指で弾《はじ》く。

痛い、と苦情を言って、伯慶は手を引っ込めた。

「それは、私の分だ」

「霞《かすみ》でも食っているのかと思った」

「そんなもので腹がふくれるか。……そうではない。茶と、茶菓子は、互いを引き立てあうように供されるのだ。邪魔をするな」

明花は羽扇で口元を隠しつつ、干し柿を口に運ぶ。

そういうものか、と伯慶は気のない相づちを打って、大して味わった風もなく干し柿を飲み込んだ。

「さて、と。今後の捜索だが――」

伯慶は、卓の上の茶杯や皿を動かしはじめた。北棟と庭の配置を再現させているようだ。

空の皿に、二つの茶杯。

斎室に続く渡り廊下は一本。途中で三叉《みつまた》になっており、斎室から見て右に衛兵や宮官らが控える離れがあり、左に紫旗の妻妾《さいしょう》が使う離れがある。

「臭気の範囲からいって、呪詛が仕掛けられたのは、この三つの離れの周辺に違いない。北棟に続く廊下あたりとは、臭気の濃度が違う。斎室のように思えるのだが……念のため、他の二部屋も見ておきたい」

皿と二つの茶杯を、伯慶は指でぐるりと囲った。

「ふむ。斎室が空くまでの間に調べておくか。夫人の部屋という線も捨てがたいからな」

「洪夫人が鄭夫人を呪ったにせよ、逆にせよ、どちらでも驚きはしないが。まぁ、その時は、見て見ぬふりだな。俺は興京に帰る」

「止めはせん。私も紫旗の顔を見てから、桂門に戻る」

後宮の女たちが呪いあうなど、日常茶飯事だ。関わる方がバカを見る。

「せめて、呪詛の内容くらい教えてもらいたいところだな。これだけ強烈に臭うのだ。なまじな怨《うら》みではあるまいが。――よし、では捜査続行だ」

伯慶は、まだ手に持っていた柑皮をすべて口に放り込んだ。

明花は中庭を見渡す。石、木、砂利、花。呪詛の依代としてなにが使われたものか、手がかりさえない。

その中庭が広がる視界に、照柯の姿が映った。白一色の宮女たちと違って色彩がある。

やや急いでいるように見え、明花は四阿を出て照柯を迎えた。

「なにがあった？」

「ただいま、浅川宿から連絡が入りました。紫旗様は予定を早めて、明日の午後にはこちらにおつきになるとのこと。公主様がおいでと聞いて、大層お喜びのご様子であったとうかがっております」

「明日？　それでは日程が変わってしまうぞ」

「宮司に確認したところ、変更の候補日の範囲内だそうで、問題はないとのことです」

そうか、と呟き、明花は目元をほころばせる。

早く会いたい、と願ってくれたのだろうか。

だが、一度和らいだ表情は、すぐに引き締まった。

「残り時間が一日減った。……急がねば」

そうだな、と膨らんだ口で言って、伯慶も四阿を出た。

まず、斎室の左右の離れを。次に立ち入りが可能になった斎室を。明花らは順に捜索し続けたが、成果を上げることなく夜を迎えたのだった。

虫の声がする。

月も星も、叢雲《むらくも》に隠れた暗い夜だ。

明花は、池の端にある大きな岩に腰をかけていた。千州《せんしゅう》の景勝地の一つ、虎猴峰《ここうほう》を模した奇岩群だ。ゴツゴツとした大岩の周りに、人の背の倍はある巨岩が、霜のように突き立っている。

笠《かさ》から垂れた薄絹ごしに、明花の瞳《ひとみ》は斎室の窓を見ていた。

夜半である、灯《あか》りも落とされ、廊下の灯籠《とうろう》がほのかに灯《とも》るばかりだ。

(いっそ、紫旗の座など、欲しがる輩《やから》にくれてやればいい)

離宮に着いてから、何度目とも知れないため息をつく。

紫旗の座も、その後に控える皇位も、険しいばかりの道である。人ならざる者が、人として生きるだけでも難しいものを。いっそ紫旗の健康な身体が疎ましいほどだ。

百年の加護が尽きれば、国も衰える。

そもそも唐《とう》氏に天命はなかった。仙境の力を借りて生まれた仮初の国である。加護を失えば、衰えは必至だ。

人の世への介入を禁じる仙境が、存亡をかけて万年の則《のり》を破った。

彼らは既に仙境を移している。今後は二度と、この国に力を貸すことはないだろう。滅びゆく国など、望む者に譲り渡してしまえばいい。

「――ここにいたのか」

声がして、明花は笠で顔を隠したまま振り向く。

伯慶が、両手に盆を持って立っていた。この場所に臭気はないらしい。明花の鼻に、かすかな香りが届く。酒だろう。

「気が利くな」

昨夜、羊小路の『掃除』でも見られた姿だが、明花はこの月夜に笠を被《かぶ》っている。なにか言ってくるかと身構えたが、伯慶はなにも問わなかった。

「礼はいい。厨《くりや》でもらってきた。俺の金で買ったわけではない」

「……高等官にしては、ずいぶんと財布が軽いのだな。博打か？　酒か？」

しばらく白包《まんじゅうのかわ》しか食べられない、という昼の伯慶の言葉を思い出し、明花は聞くともなく聞いた。

国試を通れば、即座に八等官に任官される。五等ともなれば妻を迎え、興京に四棟家屋を所有していてもおかしくはないはずだ。だが、この青年は、家を構えた高等官には見えない。出自を隠すには、商人の息子らしく、多少の見栄《みえ》くらいは張った方が自然だろうに。それもできないとなると、別のなにかに金をかけているのだろう、と明花は思ったのだ。

だが、伯慶は杯に酒を注ぎながら「違う」と否定した。

「財布が軽いのは、浪費をしているせいではない。小銭稼ぎをしないからだ。方法は、いくらでもある。書類の審査を渋ればいい。あとは書類の優先順位を変え、調査書に手心を加える。簡単だ。……だが、俺は、決してしない。たとえ基照国の百官がしていようと、賄賂《わいろ》は絶対に受けとらん。汚職は今後、厳しく取り締まっていく」

「そんなことをしたら、役人という役人が消え失《う》せるぞ」

呆《あき》れた男だ。空を飛びたい、と願う方が、まだ現実的だろう。

伯慶は、酒が注がれた椀《わん》ほどもある杯を明花に渡し、さらに続けた。

「今の国の衰えは、賄賂が元凶だ。金で地位を買ったものがのさばり、国試を経た優秀な人材が、身分を理由に雑用をこなしている。このままでは国が滅ぶ。どれほど困難だろうと、誰かが変えねば。俺の懐の寒さなど些事《さじ》だ」

「物好きだな」

明花は率直な感想を述べた。風変りだとは思っていたが、ここまでくると変人の域だ。

「いや、念のために言っておくが、今回苦しいのは、急な出費が重なったからだぞ。休みの前に同輩と酒を酌み交わす余裕くらい、いつもならばある。酒は安酒で十分。茶も飲まん。……茶に十銭かける貴女《あなた》にはわからんだろうが」

「まったくわからんな。懐が寒いなら、実家にすがればいい。海邑はすぐそこだ」

「国試一等の選良が、実家にたかるわけにはいかんだろう。……まったく、仙道士さえいれば、こんな目にあわずに済んだというのに」

伯慶は、はぁ、と音が出るほど大きくため息をついた。

「まったくだ。仙道士さえいれば、とうに問題は解決していた」

薄絹をわずかに上げて、杯に口をつける。よい香りだ。

「しかし、九十五年も律儀に働いてきたのだから、多少の不満があろうと、最後の五年くらい、堪《こら》えてくれてもよさそうなものだが」

「そうだな。狭量な話だ」

明花は同意して、小さく笑った。

仙人の人生は長い。五年など、季節がひと巡りする程度の時間のはずだ。なぜ、それが待てなかったのか、とは明花も思う。

当初、明花は今回の件を、仙道局のささやかな抵抗だ、と理解していた。

だが、今は本当にそれだけなのか――という疑問が生まれている。この仙道士不在のわずかな隙に、すかさず呪詛が施されていたのだから。

互いの杯が空き、伯慶が酒を注ぐ。新しい一杯に口をつけたところで、

「一つ、聞いておきたいことがある。仙人と人間《ひと》は、なにが違っている？」

と伯慶が尋ねた。

「目が二つで口が一つ。そう変わらん」

「好奇心で詮索《せんさく》しているわけではないぞ。暴くつもりもない。多少知っておいた方が、今後のつきあいのためと思ってのことだ」

今後のつきあいなどない。

仙人らの世を保っているのは、強固な則である。一族の存亡をかけ、万年続くはずの則が破られたのは、つい九十五年前のことだ。唐氏と契約をした仙境は、今後万年、よりいっそう則を固く守れと碑まで建てている。

仙道局の怠慢は、すぐに露呈するだろう。くだらない嫌がらせも今回限り。今年の参拝さえ乗り切れば、この男と二度と会うこともなくなる――はずだ。

――今回の件に、仙境の思惑がからんでいない限り。

「つきあう気があるのであれば、こちらが口にせぬことを尋ねるな」

話を打ち切るつもりで、明花は伝えた。

こうした会話は、苦手だ。

差異はある。だが、明らかにして確認する益はない。知らずに済ますのが、一番平和な道だ、と明花は思っている。

杯を見つめたまま、明花は吐息を短く吐いた。

雲に覆われ、月は見えない。水面《みなも》に映るのは離れの露台に下げられた灯りだけだ。

「人間《ひと》と、貴女とは、明確に隔てられているのだな」

伯慶は、話を続けた。

自分が人間と変わらない、と思ったことは、一度としてない。

越えがたい壁があり、埋めようのない溝がある。

「引き継いだ機密文書に書かれていたのだろう？　人間と仙人は異なると」

「あぁ。不可思議な力を持ち、心が氷のように冷たい。あとは……頑強で長寿とあったな」

「そういうものだと思っておけばいい」

「しかし、世子様は自身を人だと思っておられるのだろう？　それほど隔たりがあっても、気づかずにいられるものなのか？……いや、気を悪くしないでくれ。世子様に余計なことを言うつもりはない」

面倒な話になったものだ。明花はぐっと酒を呷《あお》る。

明花が身近に接する人間は、仙人をよく知る者ばかりだ。祥福楼《しょうふくろう》の従業員たちは、仙境の麓《ふもと》に住んでいた人々である。叔賢も仙人と関わってきた一族の男で、会ってすぐの頃は、明花の仙人らしからぬ部分に驚いていた。

こうしたわずらわしさを感じることは、久しくなかったことだ。

「彼は人の世で人として生をまっとうすることになる。己と人の間に隔たりがあろうとなかろうとだ。違いを数えても意味はない」

伯慶は「そうか。……そうだな」と小さく言った。

「たしかに、意味のないことだ。生まれを自ら選べるわけでもない。……参考になった。礼を言う」

伯慶は、杯を干し、口を拭《ぬぐ》いながら立ち上がった。

「礼など要らん」

「俺は呪詛《じゅそ》探しに戻る。貴女はまだ休まないのか？」

「適当なところで引き上げる。気にするな。……ん？」

「なんだ？……うわッ」

明花は、ぐいと伯慶の襟首をつかみ、素早く岩の陰に身を隠した。「加減しろ！」と苦情が出かけたので、口をふさぐ。

「んー！　んー！」

人がいる。

灯籠の灯りに照らされ、ぼんやりと人の姿が浮かんでいた。

髪型と袍《ほう》から、女だとわかる。

「女だ」

手を離すと、伯慶は「殺す気か！」と囁《ささや》き声で抗議した。

「なんてバカ力だ！」

「見ろ。女が夫人の部屋の露台から、庭に下りたぞ」

「なに？……どこだ？　見えん」

「宮女の装束ではないな。……鄭夫人の侍女か？」

斎室から見て左の離れが、夫人の部屋だ。灯りが小さく灯っている。

庭に下りた女の袍は、白くはなかった。厨の女は袍を着ない。明花を除き、この離宮で今、色のある袍を着ているのは、鄭夫人の侍女か、照柯だけだ。

明花が照柯を見間違うことはない。すると、残るは鄭夫人の侍女ということになる。

女は、辺りをきょろきょろと確認しながら、斎室に近づいていった。

「この夜更けに、なにをする気だ？」

「斎室に向かっている。……侵入する気らしい」

警戒しつつ、女は斎室の露台に上がった。身ごなしは、鈍い。ただの人間だ。

「とんでもない話だな。あぁ、あれか。……見えた」

言うまでもなく、使用人が、許可なく主《あるじ》の居室に入ることはできない。

今、女は夫人の部屋から庭に出て、露台から斎室に侵入しようとしている。許可を取ったとすれば、夫人の部屋だけに違いない。そちらの灯りは灯ったままになっていた。

扉の前には、衛兵ばかりか、あの叔賢も立っているというのに。なかなかの度胸だ。

女は、斎室の戸を慎重に開けようとしている。

手になにか抱えているのだろうか。胸を押さえているようにも見えた。

斎室の戸が開く。——入った。

「よし、入ったな。取り押さえてやる」

明花が乗り込もうと腰を上げかけたのを、伯慶が肩をつかんで止めた。

「待て。様子を見よう」

「触るな」

パッと明花は手を払う。伯慶は「痛ッ！」と手を庇《かば》って下がった。

「加減しろ！　折れたらどうする。右手は文官の命……いや、それはいい。あの女を捕らえてどうする気だ？」

「拷問は得意だ」

明花が袖《そで》をまくると、伯慶は「待て待て」と猛犬を宥《なだ》めるように立ちふさがった。

「ダメだ。よせ。……見目麗しいのは顔だけだな。なんでも拳《こぶし》で解決しようとしすぎだ。いいか、泳がせろ」

「口を出すな、陰険な役人め。事を起こす前に捕らえ、吐かせてやる」

明花とて、夫人に仕える侍女個人が、一国の次期皇帝に危害を加えるとは思っていない。裏に何者かがいるだろう。だが、多少締め上げれば済む話だ。

「俺にしたような尋問を、あの女にする気だろう？　死んでしまうぞ」

「尋問？　バカを言え。あれはあくまでも穏やかな話し合いだ」

「バカはどちらだ。あれが穏やかなら博徒の喧嘩《けんか》も、後宮の茶会になるぞ」

後宮の茶会を穏やかだと思っているならば、世間知らずもいいところだ――と明花が言い返すより先に、斎室から女が出てきた。

入った時と同じで、やはり手になにかを持っている。

ひらり、と奇岩の上にいた照柯が、目の前に着地した。「うわ」と伯慶が驚く。

「明花様、いかがいたしましょう」

照柯は『掃除』をする時と同じく、黒ずくめの格好に笠《かさ》を被《かぶ》っている。

捕らえて吐かせるか、泳がせて探るか。

(てっとり早く済ませたいところだが……さすがに無理か)

伯慶の言葉に従うようで気に入らないが、今、明花は公主としてここにいる。手荒な真似は避けるべきだろう。

「……あとをつけろ。何者か確かめたい。殺さず、泳がせる」

簡単な返事と同時にスッと姿が消え、次の瞬間には、もう照柯は露台に飛び移っていた。

信じられん、と伯慶が言っていたが、聞き流しておいた。

「女がなにをしたか調べたい。斎室の――」

明花が言い終える前に、伯慶は「斎室の燭台《しょくだい》に火を入れておく」と言って、先に歩き出した。存外、気が利く。

「火が必要なのは、宗教上の理由なのだろう？　大丈夫だ、任せておけ」

明花が月夜に明るさを求めるのは、宗教上の理由ではない。だが、否定はしなかった。事実を説明するつもりはなかったからだ。

「あぁ、頼む」

違いを確かめあったところで、得るものはない。

しばらく待つうちに、夫人の部屋の灯《あか》りは消え、斎室がほんのりと明るくなった。

池の水面が弾《はじ》く灯りは、次第に強さを増していく。

内部がすっかり明るくなったのを見計らい、明花は斎室に入った。

扉の前にいた、叔賢の姿もある。

「衛兵は下がらせといた。女の侵入には気づいてねェ」

「今はかえって都合がいいが……事が片づいてから、宮司に言っておこう。女一人の侵入を、やすやすと許すようでは心もとない」

「しかし、よく堪《こら》えたな。アンタが女を縊《くび》りに飛び込んで来やしねェかとハラハラしたぜ」

「罪有りとわかれば、ためらわず縊り殺す」

叔賢と明花の間に、伯慶が割って入る。

「罪有る者は法が裁く。縊るな。殺すな」

伯慶の言葉に「知ったことか」と返し、明花は笠を外した。深く澄んだ瞳《ひとみ》に、斎室の無数の蠟燭《ろうそく》が星のように映る。

「判断は私がする。さて……まずは、その罪を探すとしよう」

明花たちは、今日この斎室に二度入っている。香を焚《た》く儀式の前と後。成果はなかったものの、穴の開くほど室内の様子を見てきた。変化があれば、すぐにわかるだろう。

――と思っていたが、一見しただけでは、誰も違いを見つけることができなかった。

三人がそれぞれに無言で斎室内を探っていると「ただいま戻りました」と足音も立てずに照柯が戻ってきた。

「斎室に侵入したのは、鄭夫人の侍女の一人で、侍女長です。離宮にいる侍女は、皆、夫人の実家からついてきた古参ですが、この侍女長が一番の古株と聞いております」

侍女長といえば、乳母だった女が務めることも多い。貴族の娘にとっては、実母よりも長く時間を過ごす存在だ。

「ご苦労。……どうにも、目的が見えんな」

明花は、幾度か羽扇の先を撫《な》でた。

叔賢が「あの女、手になにか抱えてたぞ。行きも、帰りもだ」と言った。明花も見ている。さらに叔賢は「生首より、ちょっと小《ちい》せェくらいだった」と手ぶりで大きさを示した。なにかをすり替えたと考えるべきか。しかし、離宮の調度品は、どれも替えがきく格ではない。

「犬。今、この部屋は臭うか?」

「犬ではない。たしかにくさいが、特別に斎室だけがくさいわけでもない」

伯慶は、鼻を押さえたまま、首を横に振った。

鼻だけが利く、というのも、使えるようで使えないものである。

相変わらず、明花の鼻には香の香りしかしない。爽《さわ》やかな緑香の――

「ん?」

明花はパッと格子棚を見た。

昼に感じたのとは違う香りだ。甘い。切れのある緑香に混じって、甘さが微《かす》かに感じられる。

香炉の中身だけを替えたのならば、外から見ただけでは気づけない。

照柯は、一足早く香の違いに気づいたようだ。明花が動くより先に、香炉の蓋《ふた》を開けていた。

「中の粉香が替わっているようです」

照柯が言うと、伯慶が「まさか、毒か?」と身を乗り出した。

その伯慶を、照柯が身振りで止めた。

「下がっていろ!」

明花は、伯慶の肩を突き飛ばす。伯慶は壁に背をぶつけたが、今度ばかりは加減しろ、と言わなかった。

叔賢が斎室の窓を開け放つ。

斎室に漂っていた香りが、やや薄くなった。

「明花様も、念のためお控えください」

「毒か？」

照柯の答えを待たず、明花は窓の近くまで下がった。

「すぐに調べさせます。兎小路《うさぎこうじ》の薬屋は、こちらの道に通じておりますので」

照柯は香炉を卓に置き、手のひらであおって確かめている。

伯慶は、その様子を見て叔賢に尋ねた。

「彼女は大丈夫なのか？　毒だったらどうする。危ないだろう」

「あァ、アイツは丈夫だから全然問題ねェよ。この距離でオレが死んでも、あそこにいるアイツは生きてる。明花が死んでも、多分生きてる。だいたい、そんな猛毒なら、アイツは明花を抱えて、こっから出てるだろうよ」

わかりやすい説明だ。叔賢の説明通り、照柯が毒で死ぬことはまずない。試すつもりはないが、おおよそ説明どおりの結果になるだろう。

伯慶は「そうか。彼女は仙人なのだな。……道理で力が強いわけだ」と納得したようだ。

照柯は直接肯定せずに「霊力は持ちません」と伝えていた。

しかし、妙な話だ。

伯慶も同じように思ったのだろう。怪訝《けげん》そうな顔で窓の桟をコツコツと叩《たた》いた。

「いや、待てよ。あの女が侍女長だとすれば、この謎の香を仕込めと命じた者は鄭夫人である可能性が高い。……だが、夫に毒を盛ってどうする？　無論、まだ毒と決まったわけではないが。夫人にはまだ子もない。世子様を失えば、落飾して寺に入る他なくなるぞ。そんな未来を、十七歳の夫人が望むか？」

明花は「そうだな」と同意した。

「そもそも紫旗の寝室の香となれば、夫人本人が吸う可能性が高い。意味がわからん」

叔賢は戟《げき》の柄《つか》を撫でながら「まったくだ」とうなずいた。

「だが、この夜中に忍び込んでまで、香を入れ替えてんだ。うっかり間違った、なんて話じゃねェことだけは確かだろ。意味はわかんねェが」

香りを確かめていた照柯は「明花様」とこちらを振り向いて、少し間を置いてから、

「これは、媚《び》薬《やく》……の類《たぐい》です。蛇《じや》香《こう》が入っております」

と言った。

「媚薬？」

伯慶と明花は、そろって聞き返す。

「紫旗は十二歳だぞ」

「まさか、子供相手に」

二人は似たような言葉を同時に発し、眉間《みけん》に深くシワを寄せた。

「ずいぶんと下種《げす》な話じゃねェか」

叔賢も不快感を露《あら》わにする。

十二歳の少年の寝室に、媚薬を仕込むなど恥ずべき行為だ。

バカバカしい、と明花は吐き捨てた。

明花は卓に近づき、羽扇を軽く動かす。甘い香りだ。

「……たしかに、これは蛇香だな。相当な上物だ」

「娘娘《おじょうさま》、危険です」

照柯が鋭い声で咎《とが》めた。

まだ焚いてもいない香だ。これで危ういのならば、運んだ侍女が先に死んでいる。だが、口答えはしなかった。敵《かな》う相手ではない。渋れば抱えて外に出される羽目になる。

「わかっている。怒るな。――あと、娘娘はよせ」

ややむくれた顔で、明花は叔賢のいる場所まで下がった。

蛇香は、軽い高揚と酩酊《めいてい》を引き起こす香だ。閨《ねや》で多く用いられ、花街の高級店ではよく売れるそうだ。

妻妾《さいしょう》が、夫の子を身ごもりたいと望むことに罪はない。

しかし、手段には明らかな罪がある。

腹の底から、ふつふつと怒りが湧いてきた。

（バカな真似をしてくれたものだ！）

しかし、ここで明花はいったん怒りを収め、一同を見た。

速やかに害を除くのが先決だ。

「紛香の毒性については、薬屋の調査の結果を待つとしよう。……これは鄭夫人の侍女長一人を始末して済む話ではない。首謀者を明らかにせねば」

紫旗の危機である。叔賢も照柯も、もちろん明花にも、表情に憂いがある。

だが、ここに一人、表情の種類が違う者がいた。

李伯慶だ。

「これは大事だな。夫人の関与があろうとなかろうと、無関係では通るまい。廃位も視野に入れる必要がある」

鼻のついでに口元は隠れたままだが、目が笑っており、声は浮かれている。

それも、志だの理想だのを述べている時より、遥《はる》かに生き生きした表情をしていた。

この非常時に取るべき態度ではない。叔賢も照柯も、気味の悪い者を見る目で伯慶を見ている。

（まさか、こいつ……この機に、夫人と実家を叩く気か）

清明殿の勢力図には詳しくないが、恐らく、伯慶にとって鄭夫人と、その父親の鄭刺史《しし》は邪魔な存在なのだろう。そうでもなければ、ここで笑みは出てこないはずだ。

明花は、不快感をあらわにした。

「……楽しそうだな、腹黒男」

「なにを言う。由々しき事態だと非常に遺憾に思っている」

くい、と伯慶の片眉《かたまゆ》が上がった。

ぬけぬけとよく言ったものだ。獲物を見つけた獣のような目をしておいて。

「本心が透けて見えるぞ。政敵を潰《つぶ》す口実を得たと思っているのだろう」

明花の目的は、紫旗を守ることだけだ。

伯慶の政敵を片づけてやる義理など、微塵《みじん》もない。

「私はこの国の未来を守りたいだけだ。国を建て直すには、優秀な人材が必要不可欠。次期皇帝は今のままが望ましい。俺は、世子様の命を脅かす夫人を野放しにはしないぞ。貴女《あなた》もそうだろう？」

挑発するように、伯慶は笑みを浮かべる。

明花は片頬を持ち上げた。

「当然だ。東佳殿《とうかでん》を含め、後宮の女を裁くのは、緩い後宮裁判だからな。事と次第によっては再び興京の地は踏ませぬ」

後宮で起きた事件は、後宮内で裁かれる。これが非公開なのをいいことに、透明性に欠けること甚だしい。実家。賄賂《わいろ》。体面。派閥。利権。様々なものがからむ。捜査は関係者の証言のみ。時として、黒いものも白くなる。公正とは程遠い代物だ。

そのような裁きに任せるつもりはない。

紫旗を害する者は、すべて敵だ。

いざとなれば、首謀者をこの手で始末する。明花は羽扇の柄を強く握った。

「まぁ待て。なんでも腕力で解決しようとするな」

「口を出すな。若造」

「俺を若造呼ばわりできる年か。……そんなことより、いいことを教えてやる。今、俺は正確な身分が『二等司書』だ」

「それがどうした」

伯慶は、ふふ、と笑って目を細めた。

「知らんようだな。基照国諸法清明殿規範第三巻五条。『皇帝およびその直系の生命を脅かす罪』に関しては、『裁判を待たずその場にて断罪』することが認められているのだ。資格は『二等官以上』。つまり、この場で事を明らかにすれば、俺の権限で断罪できる。こちらの報告をもとに宮廷が量刑を決することになるが……要は、今、この離宮内で、有罪だけは確定できるわけだ。――後宮の非公開裁判で、うやむやに済まされることがなくなる」

明花の瞳《ひとみ》が、きらりと輝く。白磁の頬はほんのりと色づいた。

「なるほど。あちらにとっても、離宮の手薄な警備は好都合だが……後宮の簾《すだれ》に遮られぬ分、こちらにとっても好都合……というわけか」

「好都合、とまでは言わないが。まぁ、そうだな、ごく都合がいい」

伯慶は鼻を覆ったまま、はは、と笑った。

明花も羽扇で口元を隠して、はは、と笑う。

夫人の罪を明らかにし、後宮へ逃れる前に、この場で断罪する。

陰険男の思惑はともかく、今、互いが同じ方向を目指していることだけは間違いない。

（こやつに利用されるのは面白くないが……）

伯慶の持つ権限は魅力的だ。ここは引き続き手を組むのが最良の策だろう。

「よし、では決まりだ。この場で夫人を裁く方向で進めるぞ。――照柯。ひとまず、香炉の中身は無害なものに戻しておけ。その蛇香入りの粉香は、薬屋に送るもの以外はこちらで保管するとしよう。動かぬ証拠だ」

「かしこまりました」

照柯は香炉を布で包み、笠《かさ》を戻してから部屋を出ていく。

まだ窓は開け放したままだ。香が運び去られると、香りはごく薄くなった。

「問題の紛香は消えたが……どうだ？　犬。臭いは変わったか？」

「犬ではない。……いや。まったく変わらん。変わらずひどい臭気だ」

明花の鼻には、やはり眉間と鼻にシワを寄せるほどの臭気は感じられない。粉香と呪詛《じゅそ》とは別件のようである。

叔賢が、戟をドンと鳴らした。

「呪詛じゃあ太刀打ちできねぇが、生身の人間相手なら、こっちも手の打ちようがあるってもんだ。なんとしても、紫旗様をお守りするぞ！」

桂門で生まれ育った叔賢は、紫旗にごく純粋な忠義心を持っている。桂門には比較的、こうした湿気のない敬愛を紫旗に抱く者が多い。

「そうだな。これ以上好きにはさせん。紫旗の到着は明日の午後。警備は叔賢に任せ、犬と私は呪詛探しに専念するとしよう」

もう伯慶は、俺は犬ではない、とは言わなかった。

代わりに「もっと臭気の範囲を絞りたい。庭を調べる」と言って出ていった。

「しかしこりゃ、大事になってきやがった。一人や二人、首が飛ぶ――いや、下手すりゃ九族皆殺しだってあり得る話だぞ」

「あまりに危うい話だ。今、夫人に紫旗を害する意図がなかったとしても、そこにつけ込む輩《やから》がいれば、いずれ大きな災いになりかねん。後宮に逃げ込まれる前に手を打たねば」

まったくだ、と叔賢は大きくうなずいた。

「アンタが役人と手を組むって言い出した時は驚いたが。それも紫旗様を世子と呼びやがる無礼者だ。だが、持つべきものは高等官の婿、とはよく言ったもんだな。いい相棒じゃねェか。役に立つ」

多少の金を持った貴族や商人は、こぞって高等官の婿を求める。なにかと融通がきいて便利だからだ。たしかに、あの男はなにかと便利である。

「なにが相棒だ」

能力と野心は信用できるが、手を組むのは今回限りだ。

笠を目深に被《かぶ》り、露台から軽やかに飛び下りる。

既に雲は晴れ、半ば満ちた月が浮かんでいた。

　　　　　＊

――寒い。

冷たい。怖い。苦しい。

やめて。母上様。やめて。

大丈夫。怖くないわ。すぐに済む。さぁ、行きましょう。明花。

あぁ、寒い。冷たい。

苦しい。あぁ、息が。息が。

──娘娘《おじょうさま》。

声が聞こえる。あれは照柯の──

「──ッ!」

がばっと身体を起こし、己の胸に手を当てる。

(夢だ)

胸の温かさで、自分が悪夢の外にいることを知った。

「おはようございます、明花様」

照柯が盥《たらい》を持って立っていた。ここは離宮の北棟にある貴賓室だ。

(ここのところ、久しく見ていなかったというのに……)

嫌な夢を見たものだ。慣れぬ床で、眠りが浅かったのだろうか。あるいは、昨日、鏡の中に母の姿を見たのが悪かったものか。

ふぅ、とため息をつく。

明花の母親が、明花の手を引き、冬の川に入った日。

尽きかけた命を救ったのは照柯だった。あの日以来、照柯は明花の傍を離れたことがない。今も変わらぬ姿を見れば、悪夢の名残も霧散していく。

「……そなたには、いつも救われているな」

照柯は「私の方こそ」と簡単に答えて、明花の身支度をはじめた。わかりにくいが、多少照れているらしい。

そして、髪を結われながら、今日の捜索範囲を整理している最中である。

突然、叔賢によって紫旗到着の報が齎《もたら》された。

明花は思わず腰を浮かせる。まだ紅もさしていない。

到着は本来ならば明後日のはずで、それが早まり今日の午後になったはずだ。

「なに？　到着の時刻は、占いで決まっていたのではないのか？」

扉の外で「知るか！　先行くぞ！」と大声を出し、叔賢は大股《おおまた》で走り去った。鎧《よろい》の音が遠ざかる。

「まずいな。……呪詛も片づいておらぬのに」

「気が急《せ》いておいでなのでしょう。明花様にお会いできるのですから」

照柯の手が、明花の髪に飾りをさす。

そのように言われては、つり上がった眉尻《まゆじり》も、八の字に下がる。

「……こんな時でもなければ、喜べるのだが」

手早く化粧を終え、慌ただしく貴賓室を飛び出す。

——紫旗に会える。

それも、仙道士の目を盗み、夜半に忍び込むのではなく、白昼に、堂々とだ。

呪詛に粉香にと、憂うべき状況ではあるが、この点だけは明花の心を和ませた。

昨年より、背が高くなったことだろう。伸び盛りだ。

「明花様」

「なんだ」

廊下を急ぐ明花の後ろで、照柯が声をかける。

「少々、速いかと」

明花は、一度足を止める。庭に面した廊下には、衛兵や宮官らの目がある。つい、加減を忘れていた。健脚だ、と思われる程度では済まない速度だった。

「そうだな。気をつけよう」

ずいぶんと、気が急いている。

日ごろ街を歩いているように速度を抑え、明花は門を目指した。

南棟の角を曲がり、門に続く扉をくぐる。

しかし、そこに紫旗の姿はない。宮官や宮女たちが集まっているだけだ。

宮官たちは列を整え、明花に対し一斉に頭を下げた。

「紫旗様が到着なされたと聞いたが……」

宮司が拱手《きょうしゅ》して前に進み出る。

「は。紫旗様は、吉と定まった時刻まで離宮内に入ることをご遠慮なさり、あちらの川でご休息されております」

なるほど。占いの結果を尊重したようだ。

（こちらとしても都合はよいが……）

まだ、離宮内には呪詛が生きている。ひとまず挨拶《あいさつ》だけをして、斎室近辺の捜索を再開させるとしよう。

明花は、宮司に示された門の向こうを見た。

少し下がった場所に、木々の間から川面《かわも》がきらきらと光っているのが見えた。

馬の嘶《いなな》きや、人の声が聞こえる。

――あぁ、いた。

目で探すまでもなく、互いに気づいた。

明花は坂になった道を、やや急いで下りる。

姉上様！――声が聞こえた。

昨年の別れから今日までが、どれほど長かったことか。

まず、無事であることを確認し、安堵《あんど》する。

「姉上様！」

少年が、駆け寄ってくる。

眩《まぶ》しいほどに、明るい笑顔で。

木漏れ日が柔らかく光を落とす。艶《つや》やかな髪は、光に透けても茶に褪《あ》せることがない。背が思ったよりも伸びたような気がする。初めて会った時は、屈《かが》んで目線を合わせたものだが。もう、目線が自分とそう変わらない。

二筋編み込まれた髪は、一筋の乱れもなく結い上げられている。今年の正月に加冠の儀を迎えたばかりのはずだが、冠を戴《いただ》いた姿は、想像以上に、大人びて見えた。

少年は、明花の前に立つと丁寧な拱手の礼を示す。

「姉上様……！　あぁ、本当にお会いできるとは。報《しら》せを聞いてからも、信じられぬ思いでした。夢のようです」

明花の手をぎゅっと両手で握り、紫旗はうつむいた。

しばらく思いをかみしめるようにしてから「お会いしとうございました」とつぶやき、顔を上げた。その冬の夜空のような瞳は、潤んでいる。

「紫旗様はまた背が伸びられた。すぐに追い抜かれてしまいそうです」

明花は、ずいぶん近くなった紫旗の目を見て微笑んだ。

紫旗も明花を少しだけ見上げて、目を細める。

「姉上様が離宮においでと聞き、矢も楯《たて》もたまらず、旅程を早めて参りました。皆を労《ねぎら》ってやらねば」

「夜に酒を振舞いましょう。あぁ、そうだ。旅の疲れには、柑皮《かんぴ》がよい」

明花はそば近くに控えていた宮女に、兵らに柑皮を配ってやるよう伝えた。宮女は「かしこまりました」と言って下がっていく。

さて。名残惜しいが、明花はいったん北棟に戻りたい。

「皆も喜びましょう。ときに姉上様、一つお願いがあるのです。これから――」

明花が言葉を選んでいるうちに、紫旗の言葉を遮って「紫旗様！」と華やいだ声が響いた。大輪の花を思わせる甘い香りが辺りに漂う。

鮮やかな牡丹《ぼたん》色の袍《ほう》が目に飛び込む。衣擦《きぬず》れの音と共に現れたのは、若い女だ。

（鄭氏か……）

白い着物に、淡い桃色の裳《も》。髪にさした紅色の花が、初々しい肌を際立たせている。

「初めまして、義姉上《あねうえ》様。お目にかかれて光栄です。玉葉《ぎょくよう》とお呼びください」

濃い化粧に、強い芳香。独特な言葉の抑揚。この時、明花が感じたのは、後宮の女たち全般へのある種の不快感である。しかし、これは過去の不快な記憶のせいであって、夫人本人に対する感情とは別種だ。

もちろん、粉香疑惑のある今、本人にもよい感情など持ちようはないが。

「姉上様。鄭玉葉です」

紫旗は、にこやかに夫人を紹介した。

小柄な夫人は、紫旗と背丈が変わらない。並ぶと一対の人形のように見えた。

いずれ国を背負う、まだ幼い夫婦。

成婚の報を聞いた日、柄にもなく西に向かって手を合わせ、彼らの前途を祈ったことが遠く感じられる。もう、明花は彼らの縁を祝福することができない。

「祝辞が遅くなりました。紫旗様。玉葉。ご成婚、おめでとうございます」

ありがとうございます、と鄭夫人は笑顔で祝辞を受け取った。

顔は笑っていても、腹の中までそうとは限らない。

(まるで後宮の茶会だな)

このまだ幼さの残る笑顔の裏には、夫に薬を盛る邪悪さが潜んでいるのだ。

「姉上様、これから湖に参りませんか？　離宮に入るには、日が中天を過ぎるのを、待たねばならぬとか。吉が凶に変わるそうです。あちらの小宮でゆっくりいたしましょう」

しまった。鄭夫人の登場に気をとられ、離宮に戻る件を切り出しそびれていた。

「私は――」

紫旗の言う湖とは、離宮よりやや下った場所にある呉荘湖《ごそうこ》のことだ。

(一刻も早く、呪詛《じゅそ》を解かねばならぬのだが……)

とっさに返事をしかねていると、紫旗が「あぁ、李伯慶」と離宮の方に手を振った。

出迎えの列にはいなかった伯慶が、小走りに近づいてくる。

まとめきれていない髪が、幾筋かはねている。目も赤い。察するに、夜を徹して調査をし、朝方うっかり寝こけていたところに報せが入ったものと見える。

「紫旗様。お迎えに上がらねばならぬところを、失礼いたしました。ご無事のご到着、祝着至極に存じます」

いつもの調子で、世子様だの次期皇帝だのと呼びかけはしまいかと案じたが。さすがに、そこまで無礼な真似はしないようだ。

恭しい拱手の礼に、紫旗は笑顔を見せた。

「李伯慶。そなたがいると聞いて驚いたぞ。譲璧式《じょうへきしき》の前で忙しかろうに」

「は。基照国初代の宰相は廟《びょう》の守《も》り人でありました。その後継者となるからには、この護国社にて、高祖様はじめ、歴代の御霊《みたま》にご報告をさせていただくのが筋かと存じまして」

滔々《とうとう》と流れる水のごとく、伯慶は述べた。この滑らかな舌で、離宮に留《とど》まる理由もでっちあげてもらいたいところだ。

「よい心がけだ。嬉《うれ》しく思う。……しかし、貴方《あなた》が姉上様と懇意であったとは知らなかったぞ。驚いた」

「さる筋からご連絡をいただきました。光栄に思っております」

「あとで詳しく聞かせてくれ。そうだ。伯慶。あなたも一緒に湖にこないか？」

さ、参りましょう、と鄭夫人が紫旗の袖《そで》を引っ張った。

なんの話だ？　と伯慶は明花を見る。

「離宮入りの時刻は、占いで定められている。吉とされる午後までは、門をくぐれん。紫旗様はそれまで湖畔の小宮で過ごされるそうだ。……なんとかしろ。李伯慶」

羽扇で顔を隠しつつ明花が言うと、伯慶は「は？」と声を上げげんばかりの顔になった。

「無理だ。親でも急に死なん限り、お誘いを断るわけにはいかんだろう。……貴女《あなた》こそ、母子より強い絆《きずな》とやらでなんとかしてくれ。紫旗様は、本当に貴女を慕っているようだ」

「できれば苦労していない」

二人がヒソヒソと言い合っているうちに、馬車が目の前に用意されてしまった。

護衛の叔賢が、近づいてくる。

「アンタ、なにやってんだよ！　湖で遊んでる場合じゃねぇだろ。呪詛はどうすんだ？」

同行は断り、すぐにも呪詛探しをするべきだ。そんなことは百も承知である。

明花は額を拳《こぶし》で押さえた。

「断り切れなかったのだ。……途中で抜けるしかない。手伝え」

羽扇で口元を隠して、明花も囁《ささや》き声で返した。

「ほんとにアンタは、紫旗様のことになると甘いっつーか、バカっつーか……どうしようもねェな！　それでも半分仙人なのかよ！」

明花は叔賢をぎろりとにらむ。

叔賢は「わかったわかった。手は貸す」と言って馬に跨《また》がった。呆《あき》れ顔が癪《しゃく》だが、らしくない行動だとは、自分でも思っている。

人は仙人の血が冷たいと言う。情よりも理を重んじ、喜怒哀楽の波が少ないのは確かだが、だからといって感情の量が少ないとは限らない。現に仙道局の連中は、くだらない嫌がらせをしてきている。実に人間的で、感情的なふるまいだと明花は思う。

自分も同じだ。

「参りましょう、姉上様」

明花は、この邪気のない笑顔に弱い。

紫旗の母親は、明花の恩人である。

明花を産んだ直後に、明花の母親は宮廷を去った。母親の温《ぬく》もりを知らず、孤独だった明花に、その人はあらゆる種類の知識と教養を授けた。恩人であり、姉とも母とも慕う気持ちは今も変わらない。

趙美玲《ちょうびれい》。宮廷では趙氏、と呼ばれていた人だ。

仙道局の優秀な仙道士だった彼女は、十二年前、今上帝との間に男子を授かった。だが、仙境の意向で嬰児《えいじ》と引き離され、今も仙道局の一角に幽閉されている。

その子が、紫旗だ。

美玲の代わりなど務まりはしないが、わずかでも支えになりたい。そうと思えば、誘いも簡単に断れなくなる。甘い、と言われればその通りだ。

紫旗が差し出す手を取り、明花は馬車に乗ったのだった。

絶景である。

峻厳《しゅんげん》な山々に囲まれた、ほぼ正確に円形の湖。湛《たた》えられた水は神秘的な碧色《みどり》だ。

呉荘湖は、千州屈指の景勝地として知られている。

広い湖の上には、大小いくつもの小島が浮かぶ。この景観が、古《いにしえ》より詩人たちの心をかきたててきた。

船頭一人に、客は一人。呉荘湖の舟遊びは、山吹色の笠《かさ》のついた小舟で、ゆったりと湖上を漂うものだ。

「こうして舟を浮かべておりますと、一年が過ぎたことを強く感じます」

紫旗は、明花に柔らかな表情で話しかける。二艘《そう》の舟は寄り添うように並んでいた。

「つつがなくお過ごしのようで、安心いたしました。冠もよくお似合いです」

「姉上様もお元気そうでなによりです。こうして年に一度お会いする他、消息を知る術《すべ》のないことがもどかしくてなりません。大切に思うお方は、この世に多くないというのに、どちらとも文さえ交わせぬのですから……」

悲し気に、紫旗の表情が曇った。

「……母上様とは、今も？」

紫旗は明花の目を見つめてから、静かに首を横に振る。

「今年は正月にも、お会いすることができませんでした。……しかし、あと五年の辛抱です。十七になれば、私も東佳殿を出て、自分の宮を持つことができます。その暁には、母上様も、姉上様も、きっと私がお守りしてみせましょう」

紫旗は己を言葉で励まし、明るく微笑んだ。

胸が痛む。

少年の描く未来が、実現する日はこない。

加冠の儀が形式上の成人ならば、五年後に迎える設門の儀は事実上の成人だ。

あと五年。

それは仙境の加護の期限と重なる。

美玲は仙境に引き上げる。宮廷に留まることは、決して許されない。

明花とて『掃除』の動機を失う。あれは仙道局を牽制《けんせい》するのが目的だ。桂門にいる意味もなくなる。

返す言葉が見つからず、明花は羽扇で顔を覆う。

「そうでした。姉上様、宮司に聞きましたが、なにやら占いで不吉な卦《け》が出たとか――」

「あぁ、それは――」

紫旗の問いに、明花が答えようとした時、

「紫旗様、紫旗様！」

突然、会話を華やいだ声が遮った。

並んでいた紫旗と明花の小舟の間に、鄭夫人の小舟が強引に割って入る。

「あちらに鴨がたくさん。愛らしゅうございますよ。さ、さ、見に参りましょう」

丸い頬を赤くして、はしゃぐ夫人の表情に邪気はない。

目上の者の会話を邪魔するのは、非礼である。後宮内であれば絶対に許されない行為だ。紫旗を独占したいという嫉妬《しっと》なのか、また別な企《たくら》みでも持っているのか。

(腹が読めんな)

紫旗は寂し気であったが、明花は船頭に、手ぶりでその場を離れるように指示した。鴨がいる、と夫人が指で示すのと逆方向にやや進むと、中型の舟が近づいてくる。

護衛の兵が乗っている。先頭にいるのは叔賢だ。

「叔賢。人数を割いて夫人を見張れ。なにを企んでいるやら、知れたものではない」

「おゥ。しかし、あんな人形みてェな娘が、子供相手に媚薬《びやく》を盛ったとは信じられねェな。参るぜ、まったく」

叔賢の後ろにいるのは、彼の部下たちだ。

揃ってぽかんと口を開けて、明花を見ていた。

ふだんの『掃除』で、彼らと顔を合わせることはない。羽扇ごしとはいえ、明るいところで顔を合わせるのは、ほぼ初めてといっていい。

彼らは、明花を今上帝のご落胤《らくいん》だと理解している。

弟の紫旗のために、金を使って人と情報を集め、『掃除』をさせている、と。荒事の当事者は、明花が雇った元兵士という話になっているそうだ。

「バカ野郎、見惚《みと》れてんな」

口を開けたままの兵たちに、叔賢が拳骨《げんこつ》を見舞った。

「痛《いて》ェ。ひどいです、将軍」

「やめとけ、やめとけ。お前らの手に負える相手じゃねェぞ」

しかし兵はひるまない。頬を染め、明花に向かって拱手《きょうしゅ》する。

「初めてお目にかかります。私は、恭五団の徐《じょ》です！」

「私は飛高《ひこう》と申します。卯《う》飛高。子葉湖《しようこ》の水を産湯にした、湖邑育ちです！」

羽扇をゆるゆると動かしながら、明花は柔らかく笑んだ。

「徐英恵《えいけい》に、卯飛高だな。そちらは橙小清《とうしょうせい》。そなたらの働きは、恭将軍からよく聞いている。此度《こたび》の仕事はいつもと毛色が違うが、基照国のため、どうか力を貸してほしい。片づいたら楼《みせ》に来てくれ。浴びるほど酒を進ぜよう。それとも銀貨がよいか？」

三人が揃って「とんでもない！」「なにも要りません！」「紫旗様と明花様の御為なら！」とそれぞれの言葉で言った。

「いいからお前ら、真面目に仕事しやがれ」

犬の子を追い払うように兵を配置に戻らせ、叔賢は「人たらしめ」と苦い顔で言った。

「なにを言う。私は連中とは違うぞ。ただ働きなどさせん」

仙人は、人を下人《げにん》と呼び、奴婢《ぬひ》として使役する。自分はそんな仙人どもとは違う、と明花はやや憤然として叔賢に抗議した。

「そういうことじゃねェよ。ほら、お前ら行くぞ」

中型の舟が離れていく。

こちらの素性をある程度知った上で、きっちり仕事をこなす恭五団は得難い存在である。この件が片づいたら、叔賢がなんと言おうと十分に労《ねぎら》ってやりたいものだ。

さて、ここからが問題である。どうやって離宮に戻ったものか。思案しているところに、伯慶の小舟が近づいてきた。まだ髪がはねたままだ。

「なんとかならんのか。祥明花。のんびり舟遊びをしている場合ではないぞ」

「そちらこそ、なんとかしろ。身動きがとれん」

「一介の文官に、なにができる？」

「国試一等の底力を見せる時だぞ。頭がいいのが取り柄ではないのか」

「貴女こそ、身内の強みでなんとかしてくれ」

埒《らち》があかない。明花は、突然にっこりと笑顔を見せた。

「李伯慶。私は一刻も早く、離宮に戻りたい」

「あぁ。俺も同じだ」

「すぐに戻れる方法が、一つある」

「なんだ？　すぐに戻れるなら、俺はなんでもするぞ」

「試すか？」

「試す」

明花は、ちょいちょいと伯慶の小舟の船頭を羽扇で招いた。

「耳を貸せ」

伯慶が身を乗り出す。

そこを――明花は、ぐい、と襟首をつかんで引き寄せた。

「うわッ！」

ぐらり、と小舟が傾ぐ。

明花は船頭に「揺れるぞ」と声をかけてから、伯慶の胸を、どん、と突き飛ばした。

腰を浮かせていた伯慶の身体は、あっさりと湖に落ちる。

「あぁ！　李司書が！　誰か！　誰か！」

明花は悲鳴を上げた。

湖に飛び込もうとする船頭を「咎《とが》めの及ばぬようにする。そこで待て」と止める。

船頭は送っていたが、叔賢が湖に飛び込んだのを見定めると、助けに入るのを諦《あきら》めた。古くから多くの皇族や貴族を迎えてきた者たちだけに、茶番には慣れているようだ。

伯慶は頭を水面から出し「この女狐め！」と罵《ののし》った。

「あぁ！　しっかりなさって！　誰かぁ！」

引き続き、明花は悲鳴を上げた。

叔賢は泳いで近づき、荒縄を放った。しかし、伯慶は不機嫌に「泳げる」と言って、自力で湖畔に向かおうとする。

「無理すんな。濡《ぬ》れた袍《ほう》は危ねェぞ。つかまれ」

伯慶は、ふてくされた顔で荒縄をつかみ、叔賢に引かれて湖畔へと向かった。

明花は船頭に銀貨を握らせ、舟を下りた。

ずぶぬれになった伯慶は、手をついて荒い呼吸をしている。

近づくと、ぎろりとにらんできた。

「アンタ！　なに考えてる！　俺が泳げなかったらどうするつもりだ！」

「桂門の男に、泳げぬ者などいるものか」

「俺は山間部の出だ。泳げるようになったのは――」

「その話は墓まで持っていけ。行くぞ」

そこに照柯が、布を持って駆けつけてくる。

叔賢が呼んだ馬車が、目の前に止まる。

「髪のはねがとれたな」

「ほっとけ」

斯《か》くして、一行は無事に離宮に戻ることに成功した。

第三幕　夫人の告白

日を透かす牡丹《ぼたん》の花弁を思わせる、ごく淡い紫が舞っている。

ひらひらと忙《せわ》しなく動いているのは、薄絹の袖《そで》飾りだ。

離宮の廊下を、明花《めいか》は急いでいた。人の目がある。速度は極力抑えざるを得ず、ますますもどかしい。

（くそ。時間を無駄にした）

ずぶ濡れになった男たちが着替える間、明花は一人で斎室に入った。照柯《しょうか》は、夫人の侍女や宮官の状態を把握するために、いったん別行動を取っている。

斎室で掃除をしていた宮女たちは、すぐに下がった。どこまで不吉の卦、などというホラを信じているか知れないが、彼女たちはごく協力的だ。

まずは斎室内の変化を探すつもりでいたが、探すまでもない大きな変化が起きていた。

卓の上に、大きな鳥かごが載っていたのだ。

献上品らしく、贈、と金字で縫われた布が、かごにかけてある。

ぴぃ、とよい声で鳴いたのは、極彩色の小鳥だ。小さな身体にそぐわない、立派な尾羽が美しい。

（美虹鳥《びこうちょう》だな。……珍しい）

尾羽の色彩が虹を思わせることから名のついた鳥だ。装飾品の一部として尾羽を見たことはあるが、生きた状態で目にするのは初めてだった。

鳥かごの中に渡された、金の枝から枝へと飛び移る。ぴぃ、とあとに続いたのは、もう一羽の小鳥だ。番《つがい》だろうか。頬に赤い斑《まだら》があり、なんとも愛嬌《あいきょう》がある。

目を三角にしていた明花は、その愛らしい姿に勢いを削《そ》がれた。

とはいえ、油断は禁物だ。生き物を呪詛《じゅそ》の依代《よりしろ》にする術も存在する。注意深く鳥かごの外も念入りに調べた。

目で見た限りでは、異常は見つけられない。

明花が他を確認していると、着替えを終え、やや小奇麗になった伯慶《はくけい》が合流した。臭気は変わらないようで、鼻を押さえている。その険しい表情が、鳥を見てやや緩んだ。

「これは珍しい。海邑《かいゆう》でもお目にかかったことがない。名は……なんといったか。図鑑で見たことがあるのだが……」

伯慶はまじまじと小鳥を見ながら、鼻を動かし「特別、こいつがくさいわけではない」と言った。呪詛のために連れてこられたものではないらしい。

「美虹鳥。西域の鳥だ。……あぁ、鄭《てい》夫人の実家から送られたのかもしれないな。父親が恵州《けいしゅう》の刺史《しし》だ」

「詳しいな」

「……うるさい」

鮮やかな緑をあしらった目でにらむと、伯慶は鼻を覆う袖の下で笑った。

「鳥の件についての感想だ。茶に香に鳥。なんにでも詳しいのだな」

紫旗《しき》の身辺に詳しすぎる、と言われたのかと思ったが、違ったようだ。

まぁな、と適当な相槌《あいづち》で話を打ち切り、捜査を再開する。

紫旗の身辺に関する様々な情報は、定期的に入るようにしてある。紫旗の身を案じればこそだが、そこを人につつかれるのは我慢ならない。

「貴女《あなた》は宮廷の事情にも明るいようだ。当然、鄭夫人の噂は耳に入っているよな？」

まろやかな曲線の青磁の壺《つぼ》を手に持ち、裏返す。

「その話はよせ」

明花は不機嫌な声で言った。

だが、伯慶はおかまいなしに続ける。

「評価は芳しくない。参拝の随行は洪《こう》夫人に決まっていたが、直前になって覆された。鄭夫人がどんな手を使ったかは知らん。だが、まぁ、なにかはあったのだろうな。父親の鄭刺史は、恵州のあらゆる汚職にからんでいる、と言われるほどの俗物だ。今回の件も、どこまで噛《か》んでいるやら」

──鄭刺史は、汚職で得た金で娘を東佳殿《とうかでん》に送りこんだ。

そんな情報は、入内《じゅだい》以前から把握している。そもそも、どこの誰だろうと、一切の汚職に関わらず、娘を宮廷に送り込むことなど不可能だ。わざわざ講釈されるまでもない。

明花は壺を手に持ったまま、身体の向きを変えた。

「知ったことか。働け、犬」

「興味があるかと思ったんだが」

伯慶は、存外あっさりと退《ひ》いた。露台を抜けて、庭に下りていく。

知ったことか、と明花は胸の中だけで繰り返す。

鄭夫人の入内の経緯など、どうでもいい。親がどんな人間だろうと、娘さえまともならば問題はない。悪評も、気にしたことはなかった。半仙の紫旗が、伴侶《はんりょ》を得ることは多くの困難を伴う。幸多かれ、と心から祈っていたものを。それが蓋《ふた》を開けてみればどうだ。当の娘が、夫に薬を盛る、まともとは程遠い存在だったのだ。

明花の嘆きは深い。

粉香の件は、おそらく大事になる。首の一つや二つ、容易《たやす》く飛ぶ規模だ。

（いっそこの離宮にいるうちに、夫人を始末してしまおうか）

ちらりとそんな考えが頭をかすめた。

伯慶は、汚職役人を目の仇《かたき》にしている。国の衰えの元凶だ、とまで言っていた。夫人の実家に対し、明確な敵意があるのだろう。実家が標的だとすれば、夫人の暴挙をここぞとばかりに公表するはずだ。

政争に利用されれば、満天下にこの恥が知れ渡ることになる。夫たる紫旗の不徳の証《あかし》だ、と鬼の首を取ったように吹聴《ふいちょう》して回る輩《やから》も出てきかねない。

（なにが『国を救いたい』だ。結局は、政敵を消すのに利用する気だろう）

追いかけているのは自分の利のみ。多少毛色の違った男だと思っていたが、これまで関わってきた高官たちとなんら変わるところはない。

明花が胸の内に苛立《いらだ》ちを募らせているところに、当の伯慶が戻ってきた。

「祥《しょう》明花。聞いてくれ。今わかった。臭気の源は、斎室の中にはない。恐らく――外だ。この庭にある！」

伯慶は左手で鼻を覆い、右腕で庭を示した。

千州《せんしゅう》の景観を模した美しい庭である。――とてつもなく広大な。

大小いくつもの池。生垣に植えられた様々な植物。峻厳《しゅんげん》な山を連想させる岩山の数々。

どこからどう探してよいものか。

（余計なことを考えている場合ではないな）

今は、紫旗の安全を確保するのが最優先だ。

伯慶の思惑がどうあろうと、手を組むと決めたのは明花自身である。

この圧倒的不利な状況を、まずは覆さねばならない。

（しかし、このままでは間に合わん）

時間が足りないのは、紫旗の到着が早まったことだけが理由ではない。こちらとあちらの力量の、差があまりにも大きすぎるのだ。

一晩かかって、こちらはやっと呪詛の依代は庭にあるようだ、とわかったばかり。位置を今以上の精度で絞ることも難しいだろう。

秘密裡《ひみつり》に解決させるべくねばったが、そろそろ限界だ、と認めざるを得ない。

「犬。相談がある」

「なんだ？……いや、俺は犬ではないぞ」

植え込みに半分身体をつっこんだ状態で、伯慶は明花を見上げる。

「もう時間がない。作戦を変えるぞ。手練《てだれ》の道士相手に、お前一人の鼻では太刀打ちできん。目で探す他あるまい。目だけならば、我も彼も皆同じ。数で勝負する」

伯慶は身体を起こし、庭を見渡した。

最後に足元を見る。影は短くなりつつあった。

「……賛成する。幸い、ここにいる者は話の通じる者ばかりだ」

伯慶は大きくうなずいた。

「照柯！　叔賢《しゅくけん》！」

庭に向かって呼ぶと、露台の下から照柯が出てきた。廊下にいた叔賢も庭に下りてくる。

「作戦変更だ！　最低限の見張りを残し、兵を庭に集めてくれ。手の空いている宮官もだ。宮司に事情を説明し、協力を仰ぐ。庭にある呪符、呪具、なんでもいい。それらしいものを見つけたらすぐに報告してくれ。呪具を埋めたとしても、ごく最近のこと。穴を掘った跡は真新しいはずだ！」

「おゥ。気合入れて探すぞ、お前ら！　呪詛だかなんだか知らねェが、紫旗様をお守りすんのが桂門兵《けいもんへい》の務めだ！」

叔賢の檄《げき》に、廊下で待機していた恭《きよう》五団の兵が「おゥ！」と勇ましく応《こた》え、中庭に駆け下りてきた。宮官たちは、すぐに宮司を連れてくる。

宮司は伯慶から話を聞くと、一も二もなく了承した。紫旗のためならば、どのような労も厭《いと》わない、との言葉通り、自ら庭を探しはじめる。宮官たちも奮って続いた。

伯慶は、有志たちに次々指示を出していく。

どこかにある。必ずある。

若い兵たちは、池に入って底をさらいはじめた。

叔賢は大きな岩をごろりと転がし、裏を調べている。

明花は飛び石に乗った。沓《くつ》の先で白砂利を探りつつ、ゆっくりと進む。

ぴぃぴぃ。美虹鳥の愛らしい声が聞こえていた。

（そもそも呪詛は誰が？　なんのために？）

参拝に仙道士《せんどうし》が同行しないことを知っていた者は限られる。隙を狙っての企《たく》みならば、黒幕は高位の者と見るべきだろう。

だが、この企みのどこに、高貴さがあるだろうか。人を害し、その地位を奪うなど、盗賊となんら変わるところがない。

この時、明花はひどく腹を立てていた。そのため、

「公主《こうしゅ》様」

と声をかけられ「なんだ？」と振り返る表情は険しいものになった。

後ろに立っていた男は「失礼致しました」と拱手《きょうしゅ》をして小さくなった。伯慶と同じ、紺色の官袍《かんぽう》を着ている。伯慶より年配で、伯慶より腰が低い。ついでに感じもいい。

「突然のご無礼、お許しくださいませ。私、紫旗様の傅人《めのと》でございます。ご多忙のところ真に恐縮ではございますが……」

紫旗の身になにかあったのか、と明花はやや緊張しつつ、続く言葉を待った。

「勝手を承知で申し上げます。紫旗様は、幼き頃よりご自身を正しく律し、心の有り様を我らにも見せようとなさいません。しかし、公主様がおいでの時はご様子が違います。紫旗様は、公主様が離宮へお戻りになり、気落ちしておいでです。僭越《せんえつ》ではございますが、

なにとぞ、なにとぞ、湖にお戻りいただきたく、お願い申し上げます」

老人は切々と訴えたのちに、深々と頭を下げた。

構えた割に、話は他愛のないものであった。心から紫旗を思ってのことだろう。呪詛《じゅそ》探しを妨げられはしたが、腹は立たなかった。

「わかった。先に湖に戻っていてくれ」

いったん笑顔で追い返す。傅人は何度も礼を述べながら、門の方へと戻っていった。

やり取りを見ていた一同が集まってくる。

広い空を、鳶《とび》が横切っていく。入道雲が山にかかっていた。

まだ昼には早いが、日は既に高い位置にある。

あと二刻もすれば、紫旗の離宮入りを阻むものはなくなってしまう。

明花は形のよい唇を歪《ゆが》めて「まずいな」と言った。

伯慶も眉間《みけん》を狭めて「まずい」と呟《つぶや》く。

「ここは、適当な急用でも作るとしよう。湖に戻っている時間はない」

「いや、だが、物は考えようだぞ。世子《せいし》様に、この騒ぎはお知らせしたくない。午後といっても長いのだ。貴女が夕まで時間を稼いでくれれば、こちらもやりやすい。目が必要になった時には、すぐに連絡する」

中庭には、邑兵と宮官を合わせ五十名ほどが集まり、必死の捜索が行われている。

伯慶の言うように、今必要なのは、人手一人分よりも時間一刻だ。

「わかった。紫旗の足止めは引き受けよう。……しかし、この戦、あまりにも分が悪い」

ぴぃ、と鳥の声がする。

呪詛に香。今のところ仕掛けた犯人の方が、遥《はる》かに先を進み、上を行っている。残されたわずかな時間に、この圧倒的な差を挽回《ばんかい》するのは難しい。

ここで明花はある決断を下した。

「李《り》伯慶。この際だ。肚《はら》を割って話す」

「聞こう」

伯慶は、明花と向き合った。

「紫旗は並みの人間より丈夫にできている。なまじな毒では死なん」

「なんだと？　おい、それは先に伝えるべき情報ではないのか？」

呆《あき》れる伯慶に、叔賢は「だから言ったじゃねぇか。丈夫なんだよ、コイツら」と言って文官の細い背を叩《たた》いた。

「我らは、紫旗を守るためにここに来た。紫旗の命を脅かすものは必ずや排除する。結果として死に至るか否かは、この際関係ない」

「……たしかに。世子様の安全を脅かした時点で、有罪だ」

伯慶は腕を組んでうなずく。

「呪詛に関しては先が見えないが、香を仕込んだ者だけは、我らの手でも捕らえ得る。ここで逃がせば次の手がくるだろう。それが紫旗の肉体の限界を超えぬという保証はない。お前の言うように、今この離宮にいるうちが好機だ。犯人を仕留める」

「同意する。しかし、できるのか？」

「呪詛は、式だ。謀《はかりごと》もまた式と言える。式には順序がある。一つが動くと次が動く。すべてが過たず動くことを、成就と呼ぶのだ。あらゆる式は、発動せぬことにははじまらん」

「……続けてくれ」

「式を明らかにするには、式を発動させる必要がある。ここで攻めに転じたい。――あちらの策に、一度乗るのだ。そろそろ、紫旗の部屋で香が焚《た》かれる頃だろう。あの紛香を、昨夜と同じ――鄭夫人の侍女が入れ替えた後の状態に戻す」

伯慶は、ふむ、とうなって顎《あご》を撫《な》でた。

「しかし、世子様の部屋には今……あぁ、なるほど。昨夜、我らが未然に防いだために、謀は発動できずに燻《くすぶ》っているのだな。あの香が焚かれぬことには、謀は見えてこない……ということか」

ぴぃ、ぴぃ。鳥の声が聞こえる。

「どう思う？　李司書」

「良策だ。公主様」

よし、と明花は鋭く北棟を見た。

「蛇の巣穴に手を入れずして、蛇の卵は得られぬ。これより香を焚き、その式を見極めたい。おかしな動きをする者はすべて捕らえろ。燻《いぶ》しだされた鼠と思え。よいか、犠牲者は絶対に出すな。やむを得ぬ場合も最小限に留《とど》めるのだ。——照柯。そなたの無事は絶対に譲らぬ。危うい真似だけはしてくれるな」

照柯は「は」と短く返事をした。

それぞれが、目的を持って動き出す。

（貴様の尻尾《しっぽ》を追い回すだけと思うなよ）

正体不明の獣を相手に、ここまでは惑わされる一方だった。だが、今度はこちらが仕掛ける番だ。必ずや、その尾の根に食らいついてやる。

「見ておれ」

羽扇の下で毒づくと、明花は門へ向かう足を速めた。

離宮から湖までは距離こそわずかだが、坂を下るため道は大きく蛇行している。

馬車は湖畔に向かい、山吹色の瓦《かわら》が鮮やかな四阿《あずまや》の前で止まった。

紫旗は柔らかな笑顔で出迎える。だが、明花が馬車を下りた途端「申し訳ありません」

と困り顔で謝った。

「傅人が余計なことを。……不吉な卦《け》のことでお心を砕いていただきながら、お邪魔をしてしまいました。もう童《こども》でもありませんのに」

「よいのです。信頼できる者たちに、あとを任せて参りました。ご安心を」

手を引かれ、明花は馬車を降りる。

先ほど向かい合った時の繰り返しで、背が伸びた、とまた思った。

記憶の中の紫旗は、今でも初めて会った五つの頃の印象が強い。少し目を離した間に、つい小さく見積もってしまう。

「先ほどは驚きました。姉上様にお怪我がなくてよかった。助けに入った者たちも、無事でなによりです」

「水面《みなも》に浮かぶ花に手を伸ばしたのがいけませんでした。李伯慶と恭叔賢の手柄です」

羽扇を顔の前で動かしながら、明花は笑顔で言った。

「私からも厚く礼を伝えねば。しかし姉上様もご無理はなさらず。風の冷たくなる前に、早めに戻りましょうか？」

（おっと、危ない）

紫旗に優しく問われ、明花はいっそう頬を持ち上げた。

「どうぞ、お気づかいなく」

明花は「湖の風は涼しくて、過ごしやすうございますね」と言葉を添えた。

夕まで時間稼ぎをするのが、今の明花が負った役割だ。

四阿に案内される。階段を上ると、中にいた夫人が立ち上がって礼をした。

「まぁまぁ、ご多忙のところ、わざわざお戻りいただきまして。助かりましたわ。義姉上《あねうえ》様が離宮に向かわれてから、紫旗様は舟遊びも上の空でございましたから」

棘《とげ》のある言葉だ、と明花は思った。夫と血を同じくする女は、なにかと煙たいものだろうが。それにしてもあからさまだ。その上、明花よりも先に腰を下ろした。

よほど気もそぞろだった紫旗の態度が腹にすえかねたらしい。

（落飾を覚悟で、紫旗を害する女には見えんな）

愛情が足りないと不満に思うのは、期待がある証《あかし》だ。

「紫旗様と義姉上様は、お顔立ちがよく似ておられますね。驚きました」

三日月の形に目を細め、鄭夫人は席についた明花と紫旗とを無遠慮に見比べだした。

明花は『公主』ではない。つまり、紫旗の姉ではなかった。

それでも、紫旗は明花を姉と呼ぶ。

明花がそう呼ばせたのだ。

紫旗の座に就いたばかりの五歳の少年が、初めて離宮への参拝を行った七年前。明花は
夜半、密《ひそ》かに斎室へと忍び込み、恩人の子と初めての対面を果たした。

いた。

明花を見た幼い紫旗は「母上様！」と叫び、抱きついてきた。間違うのも無理はない。紫旗は実母と数度、それも僅《わず》かの時間、簾《すだれ》ごしにしか姿を見たことがなかったのだ。悪いことに、紫旗の母親と明花とは、かつて多くの人に母子と間違われたほどに面立ちが似ていた。

――お会いしたかった。お会いできて嬉《うれ》しい。もう私を置いていかないでくださいませ。

必死に紡がれる言葉に、胸は引き裂かれそうなほど痛んだ。

明花は、涙をこらえながら言った。

――違います。私は貴方《あなた》の母親ではありません。

紫旗は信じなかった。なぜそのように自分を拒むのか。大きな瞳《ひとみ》を涙で濡《ぬ》らして問うのに耐え切れず、苦し紛れに言ったのが「姉です」という嘘だった。

紫旗は今もその嘘を信じている。

秀でた額に、名匠が滑らかに彫り出したような鼻梁《びりょう》。細い顎《あご》。涼やかな目元に、薄い唇。滑らかな肌。艶《つや》やかで豊かな髪。万人が認める美とは、天下万民に等しく与えられるものではない。いやでも目立つ。桂門で生きるにも不便なほどだ。いくら顔を隠して人目を避けても、一帯で広く知られてしまっている。

明花の容姿は、ひとえに仙人の血に由来していた。

彼らは種族として、人間たちの美の条件をほぼ完璧《かんぺき》に満たしている。仙道局《せんどうきょく》の仙道士たちが昼間も面布《めんふ》で顔を隠しているのは、人の無遠慮な目を避けるためだ。

「お二人のご生母――義母上《ははうえ》様に似ておられるのでしょうか？」

「さぁ、どうであろう。並べて比べたわけではないので、なんとも」

明花は鄭夫人を見ず、湖の風景に目をやりつつはぐらかした。

「きっと義母上様は、眩《まばゆ》いばかりにお美しいお方なのでございましょうね」

やはり明花は、曖昧《あいまい》に笑んだだけで済ませた。

(愉快な時間ではないな)

時間稼ぎは明花の役目だが、どうにも尻《しり》のすわりが悪い。

内容も然《さ》ることながら、夫人の独特な抑揚が苦手だ。

この時代の貴族にとって、若いうちに地方で財力を蓄えるのが出世の第一歩である。その蓄えを賄賂《わいろ》としてばら撒《ま》き、中央で位を重ねていくのだ。地方にいる頃に妻帯する場合が多く、生まれた娘の言葉には自然と訛りがでる。

これが入内《じゅだい》前の矯正を経ると、後宮言葉とでも呼ぶべき独特な抑揚に変化するのだ。

「私、まだ一度も義母上様にお目にかかったことがございませんの。入内のご挨拶《あいさつ》も叶《かな》わず、春の五節《ごせつ》こそと思うておりましたのに、やはりおいでになりませんでしたわ」

鄭夫人の抑揚は、まさしく後宮言葉そのものだ。思い出したくもないものばかりが思い出され、胸の中がざわめく。

明花の心を波立たせるものは、他にもあった。

紫旗を取り巻く環境は、あまりに特殊である。母親に関することならばなおさらだ。ズカズカと土足で踏み込まれることを、好むはずもない。

「そういえば、さきほど愛らしい鳥の――」

そろそろ潮時だ、と明花は判断した。話題を変えるついでに、鳥のことでも聞きだそうと思った。だが、鄭夫人は明花の言葉を遮り、さらに続けた。

「いつかご挨拶が叶いました折には、義姉上様も、どうぞご一緒に。ところで、義姉上様はどちらにお住まいなのでしょう？　興京《こうけい》においでになることはございますか？」

ここで明花が適当な返答をするより早く、紫旗が口を開いた。

「玉葉《ぎょくよう》。みだりに母上のことを口にするなと伝えていたつもりだが。姉上のこともだ」

夫人を咎《とが》める声は、硬く、冷たい。

鄭夫人はハッと息を呑《の》んだ。消え入りそうな声で「申し訳ございません」と謝罪した。場の空気が張り詰める。茶を運んできた宮官の手までが強張《こわば》った。

「……いや、すまない。少し、きつく言い過ぎた」

紫旗は表情を改めて謝罪したが、鄭夫人はすっかりしょげてしまった。

「そういえば、離宮で愛らしい鳥の声を聞きました」

明花はまろやかな声で紫旗に話しかけた。話を変えるにはいい機会だ。

「鳥、でございますか。あぁ、離宮の庭では、よく野の鳥が遊びに参りますね」

紫旗の方も、鄭夫人を気づかいながら、新しい話題に応じた。

「北棟から聞こえて参ります。紫旗様がお連れになったものかと思うておりました」

途端に、沈んでいた鄭夫人の顔がパッと明るく変わる。

「美虹鳥でございます！　紫旗様に、西域の美しい鳥をお目にかけたくて、父に頼んで贈らせました。美しい尾羽の鳥でございますよ。番《つがい》で届いているはずです」

あの美虹鳥は、鄭夫人が手配していたものらしい。

粉香を入れ替えさせ、斎室に鳥を置く。そして、香は焚かれる。

あれが毒であるならば、かごの鳥は生贄《いけにえ》だ。

（望んで入った檻《おり》でもあるまいに）

くだらぬ謀のために、なんの罪もない鳥は命を奪われようとしている。

はしゃぐ鄭夫人の邪気のない笑顔が、いっそ不気味に思えてきた。

「姉上様。離宮に戻りましたら、どうぞ斎室においでください」

紫旗の言葉に、晴れやかだった夫人の眉《まゆ》が寂し気に寄った。

まだ、紫旗は粉香の件を知らない。彼らはまだ添って日の浅い夫婦だ。ここは紫旗が「一緒に見よう」と夫人を誘うべき場面だろう。

「番の鳥とか。夫婦二人で愛《め》でられるとよい」

明花の返事に、紫旗は寂し気な表情を見せた。

「では、窓を開けておきましょう。鳥の声だけでも、姉上様にお届けさせてくださいませ」

離宮の前で会ってからずっと、紫旗は明花ばかりを見ていた。

自分の目も、気づけば紫旗にしか注がれていない。自覚はある。

どうしようもない。抗《あらが》いがたい力で引き寄せられるのだ。

他の誰かと、紫旗は違う。紫旗にも、明花は違って見えていることだろう。

仙人でもなく、人でもない。

明花と紫旗とは、この世界にたった二人きりの同胞《はらから》である。他のどんな存在とも、大きく違っている。

人を百人殺そうとも、同胞一人を守るのが仙人だ。

明花も同じ判断をする。

他のあらゆる命よりも、同胞の命が尊い。

それだけ隔たりのある別種の者同士が、自然の環境で縁を結ぶことは稀《まれ》だ。人が馬を妻にできぬのと同じだ。犬も鳥を妻に選ばない。

紫旗にとって、妻と名のついた女性は種の違う生き物なのだ。

東佳殿で守られ、なにも知らされずとも、人と異なることに気づかぬはずがない。

実際に違いはあり、歴然としているのだから。

「お気持ち、嬉しく思います」

明花はやんわりと、紫旗の申し出を断った。

いっそ会うべきではなかった、と思う日も、決して少なくはない。

七年前、紫旗の母親が決死の覚悟で送ってきた文に従い、離宮へ忍び込んだ。あれがそもそも間違いではなかったか。

渇きが癒《いや》されるのはわずか一瞬で、また一年の孤独がはじまるだけだ。

後悔は毎年湧く。そして年を追うごとに強くなっていた。

鄭夫人は、紫旗にしきりと話しかけている。頬を赤くして、必死に。

しかし、会話に応じているはずの紫旗の目が、時折こちらを向く。

明花は知らぬふりを装って、茶杯を手に取った。

また、視線を感じた。

紫旗の視線を避け、明花は顔の向きを変える。

その時、目の端でなにかが躍った。戟《げき》の房飾り。――叔賢だ。

馬上から合図を送っている。『急げ』『戻れ』。

（……やはり、毒だったか！）

明花は離宮のある、森の向こうを見すえて立ち上がった。

「姉上様？」

「紫旗様。こちらでお待ちを。──不吉の卦《け》を払って参ります」

戸惑う紫旗を置いて、明花は四阿《あずまや》の階段を駆け下りた。

馬を下り、こちらに向かってきた叔賢と並ぶ。

「呪詛《じゅそ》か？　紛香か？　照柯は無事だな？」

「香だ。やっぱり毒だった。アイツならピンピンしてらァ。馬車を使うか？」

「走った方が速い。手を貸せ」

「だろうな。よし、こっから抜けろ」

叔賢は、用意させていた馬車を道の端に移動させた。

道は森に接しており、馬車の向こうは、四阿から見えない。

馬車の扉を叔賢が開け、明花は馬車にいったん乗り込む。

こうした呼吸も、数年『掃除』をするうちに、ぴったりと合うようになった。仙人嫌いの恭氏の末裔《まつえい》は、今やなくてはならない存在だ。

「手際がいい。お前、いい盗賊になれるぞ」

「そうかい。ありがとよ。アンタもな」

いつも叔賢が照柯に言う軽口を真似れば、叔賢は笑って肩をすくめる。

明花は座席の上を通過し、入ったのとは逆の扉から外に出る。

広がっているのは、深い森だ。

午後の柔らかい陽射しを弾《はじ》いて、茂る木々の緑が眩《まぶ》しい。

音を立てずに扉を閉め、明花は森の中に身を躍らせた。

湖畔から離宮まで、直線で坂を駆け上がればすぐだ。

とん、と地を蹴《け》れば、袖《そで》飾りが風を切る。

己が人ではないことは、幼い頃に身体で知った。

目が二つあり、鼻と口は一つ。手足の数も一緒だ。だが、己以外のすべての人間と己との間には、明確な隔たりが存在した。

かといって、仙道局の仙人――彼らは自らを人、あるいは真人《しんじん》と呼び、人を下人《げにん》、と呼んでいたが――とも、やはり違っていた。彼らが明花を同族と見なしたことは一度としてなかった。明花も彼らを同族だとは思っていない。

人の世での暮らしで、己は人間《ひと》とは違う、と感じる場面は多々ある。

そのいくつかのうちの一つが、己の自然な動作を、人目から隠す時だ。

木々が左右に分かれ、瞬く間に流れていく。

人間は、明花のように速くは走らない。

そして――

(なんだ？　焦げくさい)

人間の鼻は、明花の鼻ほど敏《さと》くはない。

細い煙が、離宮の塀の向こうに見えた。厨《くりや》のある西棟ではない。門の付近。南棟からだ。

（火？　こんな時にどういうことだ！）

あの香が毒だったのであれば、ご丁寧に小鳥まで用意した者——鄭夫人が関わっていると見て間違いない。あとは首謀者が別にいるか否かで事件の色彩が変わるだけだ。

病は傷がふさがるのを待たない、というが、偶然が重なったものか。それとも燻《いぶ》し出された鼠の悪あがきだろうか。

森が開け、サッと視界が広がった。

離宮の塀が、陽射しを真白に返している。

白い塀に、碧《みどり》の瓦《かわら》。美しい離宮の高い塀の上に、明花はひらりと上った。

広大な庭が一望できる。

明花が湖に戻る以前は、中庭の北に、邑兵《ゆうへい》と宮官らが呪詛の依代《よりしろ》を探すために集まっていた。

今は人の姿がない。

邑兵たちは南側に集まっている。鎮火に奔走しているようだ。

多少の風はあるが、彼らは千州一の火消し集団だ。心配は要らないだろう。

「捕まえろ！」

小火《ぼや》で騒然とする中庭のどこかから、かすかな声が聞こえる。

伯慶だ。――いた。

白砂利に膝《ひざ》をつき「その女たちを捕まえてくれ！」と叫んでいる。

その目線の向こうには、燻し出された鼠が三匹。

杏色《あんず》に、縹《はなだ》に、若葉。彩りある袍《ほう》が、北棟に向かっていく。

今、邑兵は鎮火のために南棟に集まっている。遠い。

（逃がすか！）

明花は瓦の上を走った。

逃げる女たちは、ただの人間だ。そう足は速くない。だが、死に物狂いである。女たちは思いがけない速さで北棟に向かっていた。

あれは紫旗の安全を脅かす、敵だ。

逃走も、自害も、させるつもりはなかった。

捕らえて、吐かせる。

瓦を強く蹴り、速度を上げた。すぐに女たちの姿が近づく。

やはり、鄭夫人の侍女たちだ。

跳ぶ。

絹の裳《も》が、水の中をたゆたうように大きく広がった。

日を背にして跳んだために、明花の影は、侍女の上に落ちる。

若い侍女が振り返る。走りながら頭上を見、恐怖に顔を強張らせた。

「ぎゃあああっ！」

明花は、若い侍女のすぐ傍に着地した。

恐慌状態になりながらも、侍女はまだ逃げようとする。ひどく遅い。

そこからわずか三歩で、侍女の逃走は終わった。

明花が背から侍女の腰に、体当たりしたのだ。

「あぁッ！」

侍女は、白砂利を跳ね上げながら倒れこんだ。邑兵がこちらに走ってくるのが見える。

足だけ止められればよいだろう。ちょうどよいところに池がある。

襟首と腰のあたりの裳をつかみ、明花は侍女の身体をぐいと引き上げた。

「ひぃぃ！」

侍女が両腕を大きく振り回す。パッと手を放せば、杏色の袍が弧を描いて舞った。

どぼんと派手な音を背で聞き、明花は次の標的に向かって走り出す。

助けて、殺される！　と大声を出しながら逃げていくのは、縹色の袍を着た大柄な女だ。

息はすっかり上がっている。

女は、虎猴峰《ここうほう》を模した奇岩の並ぶ一帯に、よろめきながら入っていった。

地を蹴って跳び上がり、霜のような岩の中腹を蹴り、さらに頂を蹴る。

くるりと宙で一度身体を回して、着地したのは女の目の前だ。

「あ、あ、ひぃぃぃッ！」

これだけの身体能力の差を目の当たりにしても、まだ女は逃げようとしていた。

逃げられるわけがない。だが、明花は女の行動を不思議には思わなかった。犯した罪の重さを自覚していればこそだろう。

踵《きびす》を返し逃げようとする女を捕らえ、大岩の上まで持ち上げる。

「ぎゃーーッ！」

上から池に放り込めば、どぼん、と重い音がした。

あと一人。

岩の上から、標的を探す。──いた。

もう北棟の建物の陰に隠れようとしている。

標的が角を曲がった──途端、なにかが飛び出し、なにかが吹き飛ぶ。

「……照柯⁉」

建物の陰にいた照柯が、逃げてきた侍女長に膝蹴《ひざげ》りを見舞ったのだ。

膝蹴りで吹っ飛んだ侍女長は、植え込みに沈んでいる。

「殺してないな？」

「息はあります」

植え込みから、意識を失った女の襟首をつかんでずるりと引き上げる。襟が首に食い込んでいた。

「首、締まってる。死ぬぞ」

「うっかりしておりました」

照柯がパッと手を離すと、女の頭は砂利の上に落ちた。


駆けつけた邑兵たちによって、侍女たちは後ろ手に縛られ、膝をついて並ばされた。

二人はずぶ濡《ぬ》れ。残る一人には、葉や小枝がついている。

小枝を頭につけた侍女長は、白髪の目立つつむじが見えるほど項垂《うなだ》れていた。

「さて。洗いざらい吐かせる前に……李司書。起きた事実を確認してくれ」

明花にうながされ、伯慶は経緯を説明しはじめた。以下がその内容である。

「貴女《あなた》が離宮を出たあとのことだ。まずは——」

照柯が一人で斎室に入り、周囲から人を排した上で香炉に火を入れた。

いったん外に出、しばらく待ったのち、斎室に戻り窓を開けた。

出てきた照柯は鳥かごを手に持っており、そこには小鳥の軀《からだ》が横たわっていた。

「昨夜、侍女長によって香炉に入れられたものは、毒香であることが判明した。あぁ、侍女長。弁明はのちほど。我らはそなたが斎室に侵入するところを目撃している」

叔賢はこの段階で、明花に報告すべく湖に向けて発《た》った。

照柯はすぐ様、西棟にいる侍女らの身柄を押さえに走った。

毒の存在に騒然とする中、南棟で小火騒ぎがあった。

呪詛の依代を探していた邑兵たちは、現場に急行した。

日頃の訓練の賜物《たまもの》で、火はほどなく消し止められた。

「さすがに放火犯も、集まった邑兵が、千州一の手練《てだれ》だとは思っていなかっただろう」

この小火騒ぎの最中に、灌木《かんぼく》の陰で、怪しい動きをする者がいた。

南棟に人々の目が向いている中、三人の女たちだけが背を向け、なにかを埋めていた。

「そこで火が燃えているのに、そちらを見ていないのは、放火した者か、より大きな悪事を為《な》す者だ、と俺は羊小路《ひつじこうじ》で学んだ」

女たちは作業を終えると、小火に驚いた風を装い、揃って南棟に向かって走り出した。

伯慶は邑兵の一人と共に、女たちを捕らえるべく近づいた。

しかし、声をかけた途端、思い切り突き飛ばされ、蹴られ、踏まれ、逃げられた。

「――というわけだ」

伯慶は、一連の説明を終えた。「そこに空から腕力バカが降って……いや、公主様が駆けつけ、今に至る」と追加して。

紫旗に毒を盛り、その上放火だ。よくもここまで罪に罪を重ねたものである。

明花は乱れた髪の一筋を耳にかけ、深く息を吐いた。

「なにか申し開きはあるか？」

そう明花が問うと、侍女長が青ざめた顔のまま「恐れながら申し上げます」と言った。

「あの壺《つぼ》は――」

「そなたらが、先ほど密《ひそ》かに埋めていたものは、壺だったのだな？」

「はい。壺でございます。子宝を授かる、霊験あらたかなまじないの壺だそうでございまして……それで……あぁ、お許しを。ただ、細く煙を上げるだけのつもりだったのです。庭に大勢いる兵の目を、ほんのわずかの間だけそらしたく……まさか、それが……」

侍女長は震え、裳の上にポツポツと涙を零《こぼ》した。

横の大柄な女が、くしゃくしゃの顔で侍女長の言葉を引き取る。

「北棟から一番遠い場所で、ほんの少し、煙を出すつもりだったのです。……その間に、壺を掘り出しに行きました。まさか、あんなに火が……高祖《こうそ》様の御霊《みたま》がおわす離宮に火をかけようなど、そのように恐ろしいことを、どうして企みましょうか？　なにとぞ、お許しくださいませ！」

侍女たちの言葉に、伯慶は「なるほど。あれは火に驚いた風を装ったのではなく、本当に驚いていたのだな。わかった。訂正する」と真面目に対応していた。

明花は、大柄な女に尋ねた。

「壺を掘り出した、と言ったな？　李司書は、そなたらが灌木に隠れて壺を埋めるところを目撃している。壺は一度掘り出したあと、わざわざ埋め直したのか？」

「はい。それが正しい作法だそうでございます。呪符《じゅふ》を貼った柱から八百八十八歩のところに……一度深く埋め、その後、別の場所に移すのです。私どもが離宮に到着してすぐ、斎室の軒下に埋めた壺を、紫旗様のご到着前に、埋め直す必要がございました」

伯慶は「くそ、軒下か！　何度も見たのに！」と悔しがっている。

「煙を立ててまで、人の目をそらす。……なぜそれほど急ぐ必要があった？　夜を待てば機会もあったろう。紫旗の到着以前でなければならなかったのか？」

侍女長は、浅い呼吸を繰り返しながら、両隣と顔を合わせ、うなずいた。

「道士が、そのようにせよと……」

「何者だ？」

「存じませぬ。代理だという童《こども》から聞いただけでございます」

突然、侍女長は早口になった。

「その道士に、見つけやすい場所へ壺を埋め直すよう指示されていたのだな？」

細い目を大きく見開いて、侍女長は「え？　どうしてそれを……」と呟《つぶや》いた。

やはり、そうか。壺も粉香も、見つけられることで動くよう式が組まれていたのだ。

次第に、霊力のない明花の目にも、この式の全容が見えつつある。

「もう一つ、驚かせてやろう。昨日の夕に、紫旗の到着が一日早まったと知らされたそなたらは、昨夜のうちに、香炉の香の入れ替えと、壺の埋め直しをする必要があった。だが……壺の埋め直しは頓挫《とんざ》した。なぜならば、香を入れ替えたあと、斎室の灯《あか》りが煌々《こうこう》と灯《とも》り出したからだ」

侍女長ばかりでなく、他の二人も真っ青になって震えている。

香の入れ替えののち、明花らは無数の蠟燭《ろうそく》を灯して調査を行った。軒下での作業とはいえ、近づくのは難しかったことだろう。

「……香は、子宝が授かる秘伝の薬香と……先ほど、李司書様は毒香とおおせでしたが、なにかの間違いでございます。気の巡りをよくする妙薬と聞いておりました」

「己で試すか？」

ごくり、と喉《のど》をならしたあと、侍女長は震える声で「わかりました」と言った。

「こ、これ以上、奥様にご迷惑はおかけできませぬ。ご用意したものが薬であると、我が身で証立《あかしだ》ててご覧にいれます」

古参だというだけあって、大した忠義だ。明花は「よい」と言って羽扇を横に振った。

「では、そなたらは、あの香に毒が仕込まれていたばかりか――壺に強い呪詛《じゅそ》がかけられていたことは知らぬのだな？」

一瞬、侍女長は不可思議なことを聞いた、とばかりに首を傾げた。

他の侍女二人も、顔を見合わせている。

そうして、彼女たちは「まさか」「そんなはずは……」と口にしたあと、いっそう顔色を失くした。宮仕えする者ならば、その罪の重さを知らぬはずがない。本人ばかりか親類縁者まで類は及ぶ。この反応は正常である。

さて、ここからが本題だ。

「そのまじないと香――それから、柱に貼った呪符を、そなたらに渡した道士のことを聞かせてもらおうか」

問いに答えることなく、侍女たちは震え、すすり泣きだした。

泣こうと喚《わめ》こうと構わないが、ここは人目もある。強引な尋問は不可能だ。

先ほどの追跡劇は、伯慶が誤魔化《ごまか》した。『華仙公主《かせんこうしゅ》様は占術だけでなく導引術にも長《た》けておられる』という雑な説明で、人々がどれほど納得したか不明だが、騒ぎにはならずに済んだ。だが、さすがに苦しい。『拷問術にも長けておられる』では通らないだろう。

そこに、叔賢が戻ってきた。

「湖にも小火《ぼや》の件は伝わった。もうすぐ紫旗様が離宮に入られるぞ」

まだだ。

――誰が首謀者なのか。

――道士の正体は。

最も重要な問いに対する答えが、引き出せていない。

かといって、尋問も限界だ。

明花は、遠巻きにしていた宮女たちに声をかけた。

「罪人に憐《あわ》れな姿でいられては同情を誘う。着替えと手当を。自害だけはさせぬよう頼む。これ以上、この離宮で勝手な真似をさせてはなるまい」

宮女たちは強い覚悟を秘めた表情で、揃って「かしこまりました」と返事をする。呪詛の依代《よりしろ》探しに奮闘したため、白装束はそれぞれに汚れていた。

「李伯慶。ひとまず、紫旗が戻る前に呪詛を片づけるぞ。壺はどこだ？」

「場所はわかる。手を貸してくれ、恭将軍」

「おゥ」

伯慶は、叔賢を連れて走っていった。

その場で待つ明花の前に、照柯が鳥かごを置く。

美虹鳥が一羽、死んでいる。美しい尾羽が底に広がっていた。

毒香の可能性がある、と把握した上で実行させた。明花が殺したも同然だ。

「もう一羽は逃がしました」

照柯が「私の判断です」とつけ加えた。

美しい姿は、誰しもの目を引きつけてしまう。空に放ったところで、猛禽《もうきん》の腹を満たすだけだろう。

番《つがい》と共に死ぬのが幸いか。それとも過酷な空に羽ばたくのが幸いか。

明花の中に、明確な答えはない。

だが、それが照柯の優しさだということだけはわかった。

「礼を言う。弔ってやってくれ」

すまない、と謝るよりも相応《ふさわ》しいように思え、明花は照柯に感謝を伝えた。

斎室の露台間近の、灌木が生い茂るあたりから「あったぞ！」と叔賢の声が騒がしく聞こえてきた。

伯慶と叔賢が、壺を抱えている。壺自体は女でも抱えられる大きさだが、ひどく重そうだ。文官の伯慶はともかく、大岩を軽々と動かす叔賢でさえ、苦戦している。

「少し、外してもらいたい」

明花は、周囲にいた邑兵と宮官を下がらせた。

あたりから人気がなくなると、途端に伯慶が「鼻が落ちる！」と叫んだ。

「ひどい臭いだ！　耐えられん！」

「くさくはねぇが、鉛より重てぇぞ！」

奇岩の前までたどりつくと、叔賢は「どいてろ」と伯慶を離れさせた。岩の上に壺を上げるのに、非力な文官は邪魔だったようだ。

伯慶は「くさい！」と叫び、池まで走って、顔を突っ込んでいた。

「ん？」

突然、叔賢は妙な声を上げた。

「どうした？」

「……突然軽くなりやがった。……さっきの重さじゃ、女には持てねぇと思ったんだが」

「軽くなった？」

信じがたい話だが、当の叔賢も「なんだこりゃ。軽いぞ」と言ってしきりと首をひねっている。そして、さきほど苦労していたのが嘘のように、壺をごく軽々と岩の上に置いた。

薄気味悪いが、さんざん振り回された怒りの方が先に立つ。

「手間取らせおって」

明花は岩の前に立つと、壺に拳《こぶし》を叩《たた》きつけた。

かしゃん――と儚《はかな》い音を立て、壺は粉々に割れた。

入っていたのは、呪符だ。

「なんだァ？　紙一枚かよ」

覗《のぞ》き込んだ叔賢が言う通り、中に入っていたのは呪符だけだ。

紙切れ一枚。

破片から、壺はごく薄いものだったことがわかる。

袖《そで》で顔を拭《ぬぐ》いながら、戻ってきた伯慶は岩の上をまじまじと見た。

「……これだけか？　いや、おかしいぞ。びっしりと……泥でも詰まっているような重さだった。空だとすれば、もっと厚みが……待ってくれ。おかしい」

「いや、途中でバカみてェに軽くなりやがった。突然中身が消えてなくなったみてェにな」

叔賢は、壺の破片の前で「コイツが手を放した途端にだ」と伯慶を指し、明花に言った。

伯慶の霊力が、同じ壺を持つ叔賢にも、呪詛の重さを感じさせたのだろうか。

「念は重いというが……さすがに、気味が悪いな」

「その念とやらはどこへ行った？　そもそも、これは割ってもいいのか？」

「わからん。まだ臭うか？」

問うまでもなく、伯慶の顔は青ざめている。ぬぐったはずの顔にもう汗が浮いているのだから、相当だ。

叔賢が苦戦するほどの重さに、伯慶の顔色を失わせるほどの臭気。

よほど強力な呪詛に違いない。

「あぁ。失神しそうに強烈だ。で、なにが書いてある？　これをどうすればいいんだ？」

「待て。今読む」

びっしりと呪符に書き込まれた古文字に、明花は目を走らせる。

式は整然としている。だが、美辞麗句が連なるばかりで、一向に内容には触れられない。

集中して、辛抱強く文字を追った。

出てくるのは、洪夫人の名か、あるいは紫旗の名か。

『鄭紫夫人《しふじん》』――」

目が、やっと意味のある言葉に触れた。

呪詛の対象の名だ。

「鄭夫人だと？　では、本人が本人を呪ったことになる」

「だが、たしかに書かれている」

明花はなおも文字を追った。

夫人や貴人、といった名称は、後宮内の役職名である。夫人を例にとれば、今上帝の夫人と区別が必要な際、紫旗の妻には紫夫人、前皇帝の妻は赤夫人《せきふじん》、さらにその前代の妻は玄夫人《げんふじん》、と表記される。この呪符を書いた道士には、後宮に関する知識が浅からずあることが窺《うかが》えた。

「呪詛は『鄭紫夫人』に。内容は『生涯、子の授かることなきよう』……」

伯慶は「くそ！」と叫んで、岩を蹴《け》った。

「夫人の狂言ではないか！」

――毒の香を侍女らに仕込ませる。夫人の贈った鳥が死ぬ。

――壺《つぼ》を目立つ場所に埋めさせる。夫人の名が書かれた呪符が発見される。

明花たちは実行犯を目撃しているので、企《たくら》みに惑わされることはない。だが、起きた出来事だけを目の当たりにした人ならば、どう判断するだろうか？

夫人二人の不仲はよく知られている。その上、参拝の随行は、直前に洪夫人から鄭夫人に変更になっているのだ。

恐らく、大多数がこう判断する。

洪夫人が鄭夫人を害そうと企んだ――と。

「……鄭夫人の標的は、洪夫人か」

明花がぽつりと言うと、伯慶は「他に考えられん！」と憤ったまま答えた。

「ただの私怨《しえん》だ。狂言で、洪夫人を罠《わな》にかけ葬るつもりだったのだろう。バカバカしいにもほどがある！　これで後宮に逃げられてみろ！　無実の洪夫人が処分されて終わるぞ！」

「仙道士の不在を狙ったのではなく……むしろ、仙道士だのみの企みだったのだな」

後宮の一夫人が、随行者の配置表を見る機会はない。

鄭夫人は、仙道士の不在を知らなかったのだ。

「あぁ。そういうことだ。夫人の計画では、仙道士によって呪詛はすぐに発見されることになっていた。『きっと洪夫人のしわざです！』とでも言うつもりでな！　我らは勝手に頓挫《とんざ》する計画を、必死で、わざわざ手助けしていたのだ。なんとバカバカしい！」

「小娘にしてやられたな。まんまと鼻づらを引き回されたわけだ」

明花はチッと舌打ちした。

「俺は、絶対にこの件を有耶無耶《うやむや》にはせんぞ。断じて許さん。女同士の諍《いさか》いが、世子様の命を脅かすなど、絶対にあってはならんことだ！」

伯慶は憤っている。くだらない東佳殿内の争いのせいで、紫旗は危険に晒《さら》されたのだ。当然の怒りだろう。彼自身も骨を折っている。遥々《はるばる》桂門まで来て人探しをし、悪臭をこらえながら、夜を徹して呪詛《じゅそ》を暴かんとした。この努力が結果として狂言を助けていたのだから、腹も立つだろう。

明花の中にも怒りはある。失望の入り混じる、強い感情だ。

「しかし――」

「なんだ。まさかあの奸婦《かんぷ》を庇《かば》う気ではないだろうな？」

「冗談はよせ。誰が庇うか。この式はまだ生きている。紫旗が戻るまでにこの呪符をなんとかするのが先だ」

明花が言うと、伯慶はますます眦《まなじり》をつり上げた。

「放っておけ。自業自得だ。知ったことではない！」

叔賢と照柯も、無言でうなずいている。

明花は羽扇をゆらりと動かし、辺りをゆったりと歩いた。

「夫人が呪われるのは一向に構わん。……しかし、どうにも気にかかる。呪詛の内容は、死を願うほど強いものではなかった。壺の重さとつり合いが取れない」

「たしかに、壺は尋常ではない重さだったが……」

「その上、鼻が曲がるほどくさいときている」

「臭気や重さが、念の強さを反映していたならば、なまじの怨恨《えんこん》でないことは俺にも想像がつく。だが、鄭夫人の、洪夫人に対する嫉妬《しっと》がそれだけ深い、という話ではないのか？」

「そうであれば無視できる。しかし、ここまで高度な式になると、なにが潜んでいるか、私にはわからん」

足を止め、鮮やかな緑をあしらった瞳《ひとみ》で呪符を見る。

「なんだと？　俺にもわかるように言ってくれ」

「膨大な目くらましの中に、紫旗を呪う内容が織り込まれている恐れがある」

伯慶は「また目くらましか！」と叫んで両手で頭をかいた。ついでに冠が傾ぐ。

「呪詛のことは知らんが、式など、書いてあることがすべてだろう」

「墨について書かれた文があったとする。これが黒髪の形容で、本題は美女を称《たた》えるものだった、ということもあるだろう。――この一文は、秋の空は高いと書いてある。――これは、人生の終焉《しゅうえん》を夕暮れにたとえている。一見、呪いと関係のないことばかりだ」

明花が呪符を羽扇の先で示す。伯慶はうなった。

「俺に詩心はないぞ。……まったくわからん」

「私は、夫人の狂言を利用して、紫旗を害さんとする者が裏にいることを懸念している。根拠は念の重さだ。夫への殺意を持たぬ小娘の狂言にしては、あまりに強烈なのが、気になってならん。夫人が己の仕掛けた呪いで害をこうむれば、我らの溜飲《りゅういん》はたしかに下がる。だが、それも一時のこと。罪人を罰するのは、呪詛ではなく法であるべきだろう」

伯慶は、明花の顔を見たあと、呪符を見、砕けた壺を見、ぐっと眉《まゆ》を寄せた。

「……わかった。貴女《あなた》の懸念はもっともだと思う。我らの目的は世子様を守ることだ。初志貫徹。世子様が離宮に入られる前に、呪詛を解こう。妊婦は必ずや法で裁く」

岩の上に、呪符がある。

一同は岩を囲んで、腕を組んでいた。

「…………」

「…………」

そのまま、しばし、時が流れる。

「で、どうすればいいのだ？」

しびれを切らして伯慶が明花に尋ねた。

「わからん」

明花は首を横に振った。

「なに？　ここまできて、それはないだろう！」

「言ったはずだ。古文字は読めるが、他は知らん。霊力も皆無だ」

伯慶は、明花から視線を叔賢に移した。

叔賢は、黙って首を振る。

さらに伯慶の目は、照柯を見た。

照柯は、両手を胸の高さに上げる。

伯慶の目が、一周して明花のところに戻ってきた。

明花は瞼《まぶた》を閉じ、しばし考えたのちに、

「燃やすか」

と言った。

「また燃やすのか！」

「また、とはなんだ。まだなにも燃やしてない」

「貴女は、なんでもかんでも燃やして解決しようとしすぎだ」

「そこまで言うなら、お前が解決しろ。これも書類のようなものだ。得意だろう」

「得意なものか。書類とはまったく違うぞ。呪符なんぞ――」

言いかけた伯慶が、言葉を止めた。

記憶をたどるように、やや明るい色の瞳が北棟の瓦《かわら》のあたりをさ迷う。

「いや、待ってくれ」

その目が、なにかを見つけた。

「……見たことがある」

伯慶は宙の一点を見たまま、手だけを横に出し「火を」と言った。

叔賢が「どうすんだ？」と囁《ささや》き声で問う。明花は従うように指示した。

今、伯慶の目には、かすかに残った記憶が見えているに違いない。道士だったという、祖父や父の記憶が。

すぐに照柯は、廊下に下げられた灯籠《とうろう》を取りに走った。火打ち石で叔賢が蠟燭《ろうそく》に火をつける。

伯慶は「赤は下、玄《くろ》は上、青は右、白は左……」とブツブツと呟《つぶや》いた。

「なんだ。呪文か？」

「わからん。祖父が言っていた。色で呪符を焼く方向が変わるそうだ。決して間違ってはならんと」

「……色……色か」

目で呪符の文字を追う。

空の高さ、草原の風、夕焼けの色。色の名が書かれていそうな文はあるが、存外、直接青だの緑だのとは書かれていない。文は美しくも無意味に続く。
――あった。
夕焼けの、赤。これだ。
「……赤だ」
よし、下だ、と言って伯慶は呪符をつかみ、下から火をつけた。
ぼぅっと青い光が立つ。
炎は青から紫に変わり、最後に赤く大きな炎となったあと――煤《すす》も残さず消え去った。
これで、成功したのか否か。
判断できる者は、一人しかいない。三人は、そろって伯慶の顔を見た。
伯慶は、口をわずかに開けたまま、動かない。
大きく呼吸を三度したあと、伯慶は「あ！」と叫んだ。
「くさくない！　まったくくさくないぞ！」
明花は天を仰ぐ。空と風の清《すが》しさに、目を閉じた。
危機は去ったのだ。
伯慶は辺りを確認するように走り出した。
明花は、照柯と叔賢の肩を叩《たた》き、ひとまず大きな山を越えた感動を分かち合う。
だが、安堵《あんど》も束の間である。

確認するまでもないことながら、伯慶は辺りを一周して戻るなり、凛々《りり》しい表情で「まだ、一件落着とはいかんぞ」と言った。

その通りだ。越えるべき山はいくつもある。

しかし、

「鄭夫人を廃する。俺はこの場ですべてを明らかにし、断罪するぞ」

と続いた伯慶の言葉には、同意を示すことができなかった。

「待て。李伯慶」

「なんだ、公主様」

壺を前にして、明花と伯慶は対峙《たいじ》する形になる。

「鄭夫人が相応の罰を受けるのは当然だ。だが、さすがに事が大きすぎる。毒ばかりか、放火に呪詛が加わった。一つでも極刑ものだぞ。この場では侍女だけを裁けばいい。夫人の処分は、後宮裁判で十分だ。秘密裡《ひみつり》に行わせろ」

「急に弱気になったな、公主様。それではダメだ。呪詛も毒も、事を詳《つまび》らかにした上で、すべて公開する」

にわかに、雲行きが怪しくなった。

今の今まで明花と伯慶が協力できていたのは、共通の目的があったからに過ぎない。

——紫旗を守ること。

だが、明花と伯慶では、守る、という言葉の意味が違う。

明花にとっては、紫旗本人の安全ほど重いものはない。だが、伯慶に必要なのは、紫旗の次期皇帝という機能だけだ。代えのきく、利のための道具に過ぎない。

(腹黒役人めが)

チッと明花は舌打ちした。

伯慶は汚職役人を叩く好機と見たのだろうが、そうはさせない。

「李伯慶。紫旗には多くの敵がいる。知らんとは言わせんぞ。わずかな隙でも見せようものならば、連中につけ込まれる。これは紫旗の地位を揺るがしかねない不祥事だ」

恥になる。はっきりと口にはしなかったが、そういうことだ。単純な恥では済まず、不徳の烙印《らくいん》を押されかねない。不徳は君主にとって最大の欠点である。

仙道局の手から紫旗を守るためにも、名を保ち、存在を重いものにしておきたい。

「俺の敵は紫旗様を狙うすべての者だ。鄭夫人の企《たくら》みが、完膚なきまでに敗れた、と世間に知らしめることで、次の手を封じることができる」

「なんのために私が、桂門の『掃除』をしてきたと思う。未来の皇帝の徳を、市井の人々に感じさせ、彼の存在を重くするためだ。これで不徳の烙印でも押されてみろ。野心家の王ばかりか、仙道局とてどう動くかわからん。名を汚すような真似は断じてさせんぞ」

「世子様の名は、必ずや守る。神輿《みこし》の質は重要だ」

一お前にとって必要なのは、自分の言うことを黙ってきく次期皇帝だけだろう。いくらでも代えがきく」

「バカを言え。代えがきくならこんなに苦労するか。残る駒は阿呆《あほう》ばかりだ」

頭に血は上っていたが、さすがに呆《あき》れた。

紫旗以外の皇位継承者を、駒呼ばわりした上に、阿呆とは。よく言ったものだ。

「……いい根性しているな、お前」

「貴女相手に取り繕ってもしょうがないだろう。阿呆が政治の実権を握るのは、国の不幸だ。清明殿《せいめいでん》にいる縁故採用の貴族どものうち、どれだけが国試に合格できると思う？　皆無だ。断言できる。連中は、貧民出の国試出身の英才に、何十年も文書の整理をさせ、毎日毎日茶を飲んで笑っているのだ。仕事を平民出の文官に押しつけてな。役立たずが金で役職を買うせいで、国はここまで傾いた！」

「知るか。今はそんな話はしていない」

「皇族も同じだ。身分だけ高いが、能力のない者がのさばっている。国試に合格できる者などほぼいない。——一人だけだ。庶民に生まれていようと清明殿にたどりつけるだけの能力を持っているのは、当代の世子……いや、紫旗様だけだ。代えなどきくものか。紫旗様は、この国の希望そのものだ。名誉も、命も、必ずや守ってみせる」

代えはきかない。はっきりと、己の言葉で伯慶は言い切った。

「……名を汚すつもりはない、と誓うな？」

「あぁ、誓おう。それに、貴女にとっても事を明らかにすることは必要なはずだ。どうしてあの呪詛《じゅそ》が、仙道局の陰謀でないと言い切れる？　俺でもわかるぞ。そんな高度な技術を持った道士が、そこらにゴロゴロしているものか」

ぎり、と明花は唇を噛《か》む。

呪符の式を読むことはできても、書いたのが仙人か、人かまでは判別できない。

――この一連の事件が、仙道局の陰謀であったなら？

人の世への不介入は彼らの原則だ。しかし、離宮で起きた数々の出来事が、明花に楽観を許さなかった。仙道局は絶対に無関係だ、と断言ができない。

もっと恐ろしいのは、それが仙境の総意であった場合だ。

その時は、紫旗の命も危ういだろう。

呪詛を仕込んだのは、一体誰なのか。それだけは、明らかにする必要がある。

「……策を聞こう」

「鄭夫人に自白させる。この場で、すべて。この呪詛を施した道士の名。可能ならば首謀者までだ」

伯慶の言葉に、明花は「無理だ」と言った。

「拷問でもするのか？」

「筋肉バカと一緒にするな。拳《こぶし》は使わん」

「どうする気だ」

伯慶は、ニッと片頬だけを持ち上げた。

「多少の罠《わな》を仕掛ける。自白した方がマシだと思わせたい。手を貸してくれ、祥明花」

「下手を打てば死罪になると、夫人もわかっているはずだ。簡単に自白などするものか。子を望むのは罪ではない」

目の端に、廊下から下りてくる邑兵《ゆうへい》が見えた。

叔賢に向かって合図を出している。

「そこで話せ！」

そう叔賢が言うと「紫旗様がー、湖を出立なさいました！　間もなく到着なされますー！」と大声で叫んだ。

急がねば。作戦は、こうだ——と伯慶は、簡潔に段取りを説明した。

「この方法ならば、紫旗様に批判の矛先は向かない。今後の攻撃も防ぐことができる。万事解決だ。紫旗様がおらねば早晩国は滅ぶだろう。亡国の宰相など誰が望むか。俺もそこまでバカじゃない。俺を信じろ。いや、俺の野心を信じてほしい。必ずや名は守る。紫旗様の利と、貴女《あなた》の利と、俺の利は、今この時だけ一致するのだ。力を貸してくれ。この策は、貴女の協力なしでは成立しない」

国試一等。未来の宰相。この男を信じるべきか？　と己に問う。

明花にとって重要なことは、たった一つ。紫旗を守ること。それだけだ。

美玲《びれい》ならば、今、どんな選択をしただろうか？

悩む時間はわずかだった。きっと彼女は、いつぞやのように言ったはずだ。

――己の利のみを説く者を信じるな。相手の利のみを説く者を疑え。

この男と、かつて自分に近づいてきた高官たちは、説く利の種類において区別される。

明花は、羽扇の下でゆったりとうなずいた。

「たしかに今、この場に限り我らの利は一致する。お前の策に乗ってやろう」

「感謝する。絶対に後悔はさせん」

よし、やるぞ、と伯慶は手を打って、慌ただしく各所に指示を出しはじめた。


おなりでございます、と宮官の声が響いた。

ハッと息を呑《の》み、伯慶は乱れた髪を慌てて直し、傾いた冠を整えだした。髪についた庭木の葉が、はらりと落ちる。

「忘れていたが、お前、ひどい格好だな」

「俺も忘れていた。それどころではなかったのだ」

紫旗が池の畔《ほとり》を歩いてくる。後ろには夫人はじめ、随員たちが従っていた。

照柯と叔賢は、策の準備をするため、この場を離れている。明花と伯慶は、並んで拱手《きょうしゅ》の礼を取り、紫旗を迎えた。

近づいた影には長さがあった。凶の卦《け》は避けられたようだ。もう吉も凶もあったものではなかったが。

「李伯慶。これは一体なんの騒ぎだ？――姉上様、ご無事ですね？」

明花は「はい。お心づかいに感謝致します」と答え、後宮にいる女たちのするように胸に手を当て、膝《ひざ》を曲げる。

紫旗は安堵に表情を緩め、それからすぐに涼やかな目を険しくした。

「状況を報告してくれ。李伯慶」

「厳粛であるべき参拝の最中に、お騒がせいたしましたこと深くお詫《わ》び申し上げます」

「詫びる必要はない。それで、怪我人は？」

「は。軽傷者のみです。邑兵も宮官もよく働きました。火は収まっております」

「それは幸いだった。それで、一体なにが起きたのだ？　ありのままを教えてくれ」

は、と伯慶が一礼してから顔を上げた。

「恐れながら、この李伯慶、一切の偽りなく紫旗様にご報告致しますのが赤心の証《あかし》と思うております。しかし、何分耳に優しい話ではなく、この場の皆様にお聞かせ致しますのが、正しいこととも思えませせぬ。どうぞ、お人払いをお願い致します」

伯慶の策には、いくつかの障壁が想定されている。

「李司書。それはできぬ。速やかに報告をしろ！」

「我ら随員に報告できぬことなど、あってはならんぞ！」

紫旗の後ろに控える随員のうち、二人の文官が勢いよく声を上げた。――第一の障壁。随員たちの妨害である。

冠の色と形から、三等官だとわかる。伯慶は、つい最近とはいえ四等官から二等官に上がっているはずだが、態度はあちらの方が大きい。

伯慶が小声で「縁故採用の貴族だ」と言ったので合点がいった。『貴族二等増し』とはよく言ったもので、要は平民出身の伯慶を侮っているのだ。

「さ、早く報告を。……しかしまた、ひどい態《なり》ですな。商家風の装いですか？」

「まったく、無礼な。参拝をなんと心得る。これだから平民出は、信用ならんのだ」

この貴族たちは、伯慶が実は貧民出だと知れば顎《あご》で使い、書類の整理をさせるのだろう。目に浮かぶ。たしかに国にとって不幸なことだ、と明花は思った。

（バカバカしい話だ）

なにも伯慶をかばう義理はなかったが、こんな阿呆どもに道をふさがれるのは、我慢ならない。

「戦場で冠を正せとは……異なことを聞く」

羽扇をゆらりと動かして、明花は一歩前に出た。

ふいに距離を詰めた公主の美貌《びぼう》に、文官たちの目は釘《くぎ》づけになる。

ゆっくりと文官たちの前を歩きながら、明花は続けた。

「基照国《きしょうこく》の世継ぎを指す紫旗の名は、禁衛軍の旗にちなんだもの。皇帝の最も身近な盾たる紫旗様をお守りするために、孤軍奮闘を重ねた勇者にかける言葉がそれか。嘆かわしい。勇者の血筋を問う前に、己の心の卑しさを恥じるがいい」

先頭にいた文官の首に、羽扇をスッと近づける。伯慶に嫌味を言った文官たちは、揃って慌て、ご無礼を、お許しをと拱手して頭を下げた。

「下がっていてくれ。私は、勇者の赤心を信ずる」

紫旗の言葉に、随員たちは顔を見合わせ、しかし逆らうことなく下がっていった。

これでどうだ？　と伯慶を見れば、小さく肩を竦《すく》めていた。自力で追い払うことくらいできた、とばかりに。

「玉葉。そなたも下がっていなさい」

紫旗が鄭夫人に言うと、伯慶は「夫人には残っていただきたく思います」と伝えた。夫人は迷うそぶりを見せたが、青い顔でうなずく。

辺りから人が去り、明花と伯慶の他は、紫旗と夫人だけが残った。

「はじめてくれ、李司書」

伯慶は「は」と会釈をしたのち、ごく落ち着いた声で話をはじめた。

「この離宮において、三つの事件が起きました。一つは、斎室の香炉に、毒の香が混入された『毒物事件』。そして、庭に呪符の入った壺《つぼ》が埋められていた『呪詛事件』。それから、先の二つから派生したのが『放火事件』でございます。下手人をこちらに引きすえてもよろしいでしょうか？」

紫旗はうなずき、伯慶が廊下に向かって合図を送る。

黒装束の女が庭に下りてきた。全身黒ずくめで、顔は面布《めんふ》で隠れている。宮廷を巡回する仙道士の姿そのものだ。

続いて、邑兵と宮女に囲まれた三人の侍女が出てきた。着替えと手当を終え、縛《いまし》めからも解放されていたが、刑場に連行される囚人のように悄然《しょうぜん》としている。

最後に、手に戟《げき》を持った、こちらも面布で顔を隠した黒ずくめの大男が庭に下りた。

侍女たちは、揃って白砂利の上に膝をつく。

邑兵と宮女は一礼して下がっていき、黒ずくめの二人だけが残った。

明花と伯慶。紫旗と夫人。そして侍女たちと黒ずくめの者たち。

これで、役者はそろった。

「この者たちは、玉葉の侍女だ。李伯慶、これは一体……」

信じがたい、と紫旗は口に出して、侍女たちと伯慶を交互に二度見た。

「事の真相は、まだわかっておりませぬ。しかし、この三名が、香炉の香を毒香にすり替え、呪詛《じゅそ》の入った壺を埋め、かつ、悪事を働く間、兵の目をそらさんとして離宮に火を放ったのは、紛れもない事実でございます」

「なにかの間違いではないのか。……よく勤めてくれていた」

紫旗の言葉に、左の若い女が泣き出した。つられて、右の大柄な女も泣き出す。

「わ、私どもはただ……」

ダン！　と、黒ずくめの男が、戟の柄《つか》を鳴らす。

ヒッと悲鳴を上げ、大柄な女は口を噤《つぐ》んだ。

上手《うま》い手だ。最初に『事件』と聞くのと、『子宝が授かるまじない』と聞くのでは印象も違うだろう。

「多くのことをお伝えせねばなりませぬが、まず、先ほどこの庭に施された呪詛が、無事取り除かれたことをご報告致します。華仙公主様のご指導の賜物でございました」

伯慶が目配せを送る。

出番だ。明花はゆっくりと羽扇を動かし、伯慶の言葉を継いだ。

「李司書の言葉通り、不吉の卦が示す呪詛を解くことが叶《かな》いました。経緯を私の方から、ご報告させていただきます」

侍女たちが明花を見上げ、顔を引きつらせた。

いかに誤魔化《ごまか》したところで、彼女たちは、明花の動きを目の当たりにしている。その悪鬼のごとき女の口から報告が上がるとなれば、恐れおののくのも無理はない。

「この者たちは、神聖なる離宮に、呪具である壺を埋めておりました。壺に入っていたのは、呪符でございます。強い呪詛がかけられておりました」

明花が言うと、横に控えていた黒ずくめの者が「非常に強力な呪詛でございました」と言葉を添えた。

黒ずくめの二人――照柯と叔賢を示して、明花は言った。

「この者たちが申しますには、呪詛には強い念がこめられていたそうでございます。怨恨《えんこん》。嫉妬《しっと》――と言ったような負の感情が見えると……」

言葉を止め、明花は鄭夫人の顔を見た。

伯慶も、夫人を見る。

つられるように、紫旗も夫人を見た。

ごく短い沈黙のあと、夫人はわなわなと震えながら叫んだ。

「そ、それは、洪夫人の仕業です！　きっと私への嫉妬から、呪詛などを企《たくら》んだのです！　間違いありません！　だって――」

鄭夫人の声が、辺りに響き渡る。

「どうして、呪詛がご自身を呪ったものだと思われたのですか？」

「え？」

伯慶の問いに、鄭夫人の表情は強張《こわば》った。

「我らは、まだ呪符の内容について、一言も申し上げておりません」

「そ、それは、先ほど……報告がきたのです。秘《ひそ》かに。私を呪う呪符が、見つかったと」

必死に言葉を紡ぐ夫人に向かって、伯慶は、

「今、この離宮内に仙道士はおりません」

と無慈悲にも言った。

鄭夫人は、大きく口を開けた。つぶらな瞳《ひとみ》が、仙道士風の装いをした、叔賢と照柯に向かっている。

「……だって、この人たちは、仙道士でしょう？」

黒装束に、顔を覆う面布。夫人の目には、叔賢と照柯が仙道士以外の者には見えなかったことだろう。趣味の悪い罠《わな》は、獲物の足にがっちりと食い込んだようだ。

（ずいぶんと他愛ないな）

鄭夫人は早々に馬脚をあらわした。陰謀には不向きな性質らしい。

「この者は、千州軍中将、桂門湖邑警護軍所属の恭叔賢にございます。こちらは公主様づきの侍女で、丹照柯《たん》。……仙道士の不在を知り、形だけでも整えるべく、彼らにこのような装いをさせました。勝手な真似を致しましたこと、お詫び申し上げます」

伯慶は二人を紹介し、叔賢と照柯は、面布を取って夫人に頭を下げた。

「そんな……」

興京からの移動中も、夫人は馬車の中だ。仙道士が随行しているか否かを確認してはいなかったのだろう。顔がくしゃりと歪《ゆが》む。

「こたびの参拝の随員に、仙道士はおりませぬ。呪符を読める者はこの場にはおらず、呪符は紫旗様のご到着以前に焼き払われました。呪符の内容を知っているのは、呪詛を行った者か、呪詛を依頼した者のみでございます」

伯慶の言葉に、鄭夫人は表情を改めた。動揺を押し隠すように、平静を装う。

「ち、違います。今のは、私の勘違いです。呪符が見つかったと聞いて、とっさに、私は洪夫人を疑ってしまっただけのこと」

「なるほど。勘違い……でございましたか。どなたがどなたを呪ったかも、ご存じなかったのですね？」

「そうです。呪符の内容など、なにも知りませぬ」

「これは失礼致しました。――話を続けさせていただきます」

夫人は、からくも猛攻を逃れた。伯慶は報告を続ける。

「私は、公主様より内密の相談を受けておりました。参拝に不吉な卦《け》が出ているゆえ、紫旗様のご到着までに卦を払いたい、と。昨夜、公主様より西の空に異変がある、と教えていただき、私は夜を徹して空を眺めておりました。稀星《きせい》が見えれば瑞兆《ずいちょう》。不吉な卦も自然に消え去るそうでございます。——夜半のことです。物陰でなにかが動いたのに気づきました。目を凝らしますと斎室へ侵入する、人影でございます。暗がりながら服装で女とわかりましたので、公主様の侍女に、何者かを確かめるように依頼したのです。——照柯」

は、と返事をし、照柯が「恐れながら申し上げます」と拱手《きょうしゅ》の礼を取った。

「伯慶様からのご依頼で不審な人影を追ったところ、西棟の、随員用の宿舎に人影は消えました。昨夜の段階で離宮内にいた侍女は三名。陶《とう》氏、宣《せん》氏、権《けん》氏の三名でございます。背格好と服装、見えた横顔から判断して、侵入者は陶氏に間違いありません」

照柯が報告を終え、一歩下がった。

伯慶は侍女長の前に立つ。

「では、陶氏。なにゆえに斎室へと侵入したのか。申し開きがあれば致すがよい」

「わ、私は、ただ……その……なにも、決して……お許しください！　奥様からお預かりした香を、お届けに上がっただけでございます！」

侍女長は叩頭《こうとう》し、必死に声をしぼった。

「すでに斎室には香があったはずだ。夜半に侵入してまで、なにゆえに入れ替えた？」

「……子宝を授かる、特別な薬香と伺いました。お許しくださいませ。ただ、奥様の願いを叶えてさしあげたいという一心でございました！」

恐怖の限界を超えたものか、侍女長は震えながらすすり泣く。

「すり替えられた香は、先ほど斎室にて焚《た》かれました。結果、恵州の鄭刺史から贈られた鳥が、憐《あわ》れにも命を落としております」

伯慶の合図を受け、照柯が鳥かごにかけておいた布を取り去った。

紫旗が息を呑《の》む。

「なんと惨《むご》い。……それで、鳥の他は？　毒を吸った者はいなかったのだな？」

「はい。幸いにして、人に被害は及んでおりませぬ」

「そうか。……それはなによりだ」

紫旗は言いながら鳥かごの前に屈《かが》んだ。底で小さくなったその姿に「望んで来た場所でもあるまいに」と囁《ささや》くように言った。

「伯慶。鳥が一羽しかおらぬようだが、もう一羽は？　番《つがい》と聞いていた」

「扉が開いておりましたので、逃げたようでございます」

伯慶が言うと、紫旗は「弔ってやってくれ」と言いながら空を見上げた。そこに美虹鳥がいたわけでもないが。

深く玄《くろ》い瞳を空から地に戻し、紫旗は憂いをこめて首を振った。

「恐ろしい企みだ。……しかしわからぬ。玉葉が、私に毒など盛るとは思えない。どうしてこのようなことが……」

震えていた侍女長が「恐れながら！」と叫びながら平伏した。

「奥様は決して紫旗様に恨みなど抱いてはおりませぬ！　いじらしいほど、ご夫君を慕っておいでてでございます！　お子を望む奥様の心につけこんだ者がいるのです！　呪詛も粉香も、その悪鬼の企みに違いありません！」

侍女長の涙ながらの言葉に、二人の侍女も「なにとぞ、ご調査をなさってくださいませ」「奥様に罪はありませぬ」次々と頭を下げた。

（さて、どうする？）

想定内のことである。

これが第二の障壁だった。夫人なり侍女なりが、真犯人を登場させ、罪をなすりつけることだ。

罪に問われるべきは、その真犯人であり、鄭夫人や侍女たちは被害者に過ぎない――と紫旗が判断すれば、この場での断罪は見送られ、後宮での裁判に持ち込まれてしまう。すなわち、真実は闇に葬られてしまうのだ。

「心配は無用だ。事を明らかにせぬまま罪に問うような真似は、決してしない」

紫旗は侍女たちにそう言い、伯慶に「そうだな？　李司書」と確認した。

「もちろんでございます、紫旗様」

伯慶は大きくうなずいた。

照柯に「明花様」と呼ばれ、目線の先を見れば、邑兵《ゆうへい》が走ってこちらに向かっている。

「兎小路《うさぎこうじ》の薬屋に派遣した兵です。通してもよろしいでしょうか？」

照柯が言ったので、明花は「書面だけを受け取ってこい」と命じた。照柯が走り、邑兵から書面を受け取る。

呪符の件で、鄭夫人は一度大きな失敗をしている。動揺しているはずだ。目は爛々《らんらん》として、拳《こぶし》は強く握られたままになっている。ここで薬師の解析結果を読み上げでもすれば、さらに大きく揺らぐだろう。

（尻尾《しっぽ》を出してくれれば好都合だが）

駆け戻った照柯は、紫旗に向かって一礼し報告をした。

「申し上げます。市井の薬屋に、件《くだん》の粉香の分析を依頼しておりました。そちらの結果が出たようです」

「見せてくれ」

は、と返事をして、照柯は書面をまっすぐに紫旗のもとへ持っていった。

「……『強い毒性』……とあるな。『疎鯨《そげい》、蟇葉《ばよう》を含んだ即効性の劇薬』……『蛇香《じゃこう》を用いて、媚薬《びやく》を装った毒香である』」

紫旗は書面を読み上げ、険しい表情で「そなた、知っていたのか？」と鄭夫人に問うた。

「一体どうしてこんなものを……玉葉、教えてくれ。誰がそなたにこの毒香を渡したのだ？」

夫からの問いに、夫人は顔を強張らせたまま、答えることができずにいる。

好機だ。もっと強く、揺さぶりをかけたい。

（仕留められるか……？）

明花は「恐れながら、申し上げたき儀が」と拱手をしつつ前に出た。

「先ほどは申しそびれましたが、私、いささか古文字の心得がございます。……実は、呪《じゅ》符《ふ》に、ある人物の名が書かれておりました。見間違いでなければ、『鄭紫夫人』と――」

思いがけない援護と思ったのだろう。侍女たちは、ここぞとばかりに「やはり！」「ご自身を呪うはずがありませぬ！」と声を上げた。

侍女たちの声に勇気づけられたものか、鄭夫人も、

「そ、そうです！　洪夫人の仕業です！」

と声を上げた。

一連の狂言は、この一言のために準備された。待ちに待った瞬間だったことだろう。

「私に香を勧めたのは、洪夫人です！　子宝を授かる薬だと、処方をよこして……だから、私は、その粉香を、侍女に頼んで入れ替えさせました！　毒を盛ったのは私ではない！　すべてあの女がしたことです！」

広大な庭に、夫人の声だけが空しく響く。

「わ、私では……」

洪夫人が、子宝を授かる薬香を、犬猿の仲の鄭夫人に勧める。そのような嘘を、一体誰が信じただろう。まして、言われるままに鄭夫人が薬を用いたなどと。

その取返しのつかない失敗は、静寂となってあたりを包んだ。

忠義者の侍女たちでさえ、主人を庇《かば》う言葉を重ねることはできなかった。

鄭夫人は明らかな虚言を口にすることで、真犯人が、自分か、自分に深く関わる人間であることを自ら明らかにしてしまったのだ。

夫人が墓穴を掘ったことで、第二の障壁は越えたも同然だ。

ここで伯慶は静寂を破り、朗々とした声で続けた。

「では、こういうことになりますな。呪詛《じゅそ》と聞いてまっさきに名の浮かぶような、己を恨む相手が勧めたものを、夫人は紫旗様に、毒見もさせぬまま差し上げた——と」

「ち、違います！　私は、ただ……」

「これは、大逆罪の疑いがございます！」

「なんですって？　大逆罪!?」

鄭夫人の顔が、真っ赤に染まった。「バカな！」と叫ぶ。

「大逆罪が、九族皆殺しの大罪であることはご存じのはず。毒はどちらから入手されたのですか？　鳥は本当にお父上からの贈り物だったのでしょうか？　共謀となれば、お父上ばかりか、一族すべてが罪に問われます。さぁ、ご自身の口でご説明ください。貴女《あなた》が呪詛を依頼した道士は？　なにを目的として、このような狂言を企てたのですか？」

矢継ぎ早に伯慶は問う。鄭夫人の顔は紙のように白くなった。

大逆罪か、自白か。

伯慶の陰険な策が牙《きば》を剝《む》いた。

あぁ、と悲鳴を上げて、鄭夫人は膝《ひざ》から崩れ落ちる。震える肩がいかにも憐れだ。

（……あと一歩なのだが）

横目でちらりと見れば、紫旗の表情に、強い苦悩が見てとれた。

これが第三の——最大の障壁だった。夫人への追及を、紫旗が制止する可能性だ。

果たして、鄭夫人の自白が先か、紫旗の制止が早いか。

「わ、私は……ただ……あぁ、私はただ、一日も早くお子を授かりたいと願っただけでございます」

鄭夫人は、嗚咽《おえつ》をもらす。

「お答えください。鄭夫人。一体どのように香と壺《つぼ》を——」

「そこまでにしてくれ。李司書」

ついに紫旗が、伯慶を止めた。

（ここまでか）

鄭夫人と伯慶の間に、紫旗が割って入る。

「そなたの働きには、感謝している。だが、ここまでにしてくれ。きっと、なにか事情があってのこと。あとは興京の者たちに任せたい」

伯慶は「仰せのままに」と頭を下げた。これで、以降の追及を諦《あきら》めざるを得なくなった。

紫旗が手を叩《たた》くと、宮女たちが庭に集まってくる。

「今後のことは追って知らせる。玉葉、今日のところは、部屋で休むといい」

宮女たちが、夫人をうながす。侍女たちも立ち上がった。

明花はそっと鄭夫人の横に立ち「自白するならば今だ」と囁いた。

しかし、白い額に汗を浮かべた夫人は、黙って首を横に振る。

(なぜだ。そうまでして誰を庇う?)

九族皆殺しと秤《はかり》にかけるようなものが、この世にあるだろうか?

静かに去る夫人の後ろ姿を見送りながら、明花は腕を組んだ。

このままでは、本当に大逆罪と見なされかねない。

「李伯慶」

紫旗が伯慶を呼んだ。明花も振り返って紫旗を見る。

「あ、これは……少々お待ちを」

紫旗が、伯慶に向かって手を差し出していた。

さんざん庭を這《は》いまわった伯慶は、袍《ほう》も裳《も》も汚れている。手も白砂でまっ白だ。慌てて袍で手をぬぐったせいで、さらに被害は広がった。

「構わない。戦場で、鎧《よろい》の汚れを咎《とが》める者などいようか。そなたのような人が、この国の宰相になることを嬉《うれ》しく思う」

「もったいないお言葉でございます」

伯慶の汚れた手を、紫旗はぎゅっと強く握った。

そのまま、紫旗は離れた場所で待機している邑兵や宮官たちに向かって声をかける。

「衣服の汚れは勇者の証《あかし》だ。皆の忠義はよく知っていたつもりだったが、これほど多くの勇者に守られていたことは、今日まで知らずにいた。心強いことだ。皆が示した勇に、心から感謝する！」

その場で声を聞いた者は、拱手《きょうしゅ》の礼を示した。

声の聞こえぬ距離にいる者も、紫旗が感謝の言葉を口にしたとわかったのだろう。清い風が稲穂を揺らすように、居並んだ人々は皆、未来の皇帝に深い敬意を示したのだった。

鄭夫人の護送は、翌未明に決まった。

今夜は北棟の一室に軟禁され、過ごすことになるという。

貴賓室を訪ねてきた伯慶を、部屋に招く。明花は既にいつもの『掃除』の時と同じ、黒ずくめの装束に着替えていた。

「夫人を訪ねるのだな？」

「あぁ。仙道局の関与の有無だけは、確かめておかねば」

窓を見れば、もう日が傾きかけている。あまり時間がない。

「そうだな。そこが明らかにならねば、万事解決とはいかない」

伯慶はうなずいた。

鄭夫人に大逆罪の疑いをかけておきながら、涼しい顔である。

「大逆罪か、自白か。迫れば口を割る――というのがお前の策だったな？　このままでは、本当に九族皆殺しになるぞ」

「誤算だが、やむを得まい。我らは道を示したぞ。一言、狂言でした、と言えば済む話だ。それで後宮に逃げ込める。だが、夫人はあえて自白を拒んだのだ。これで無実ならば胸も痛むが、実際に毒も呪詛も機能していた。自業自得だろう」

伯慶に、悪びれる風はなかった。

気に入らない。睫毛《まつげ》の影で瞳《ひとみ》が見えなくなるほどに、明花は目を細める。

「紫旗の名を守ると約束したことだけは、忘れるなよ？」

「まだ紫旗様は十二歳だ。幸い、夫婦仲がよかったという話も聞かない。夫人の評判も芳しいものではなかった。これで大逆罪となれば、矛先は夫人の実家にむかうだろう。紫旗様の名に傷がつく心配は要らん。あとは、首謀者さえわかれば万事解決だ。この時間では、俺はもう動けん。頼んだぞ、祥明花」

日没以降、伯慶がまだ夫人の地位にいる女性の部屋を訪ねることはできない。出立は夜明け。訪問が可能な男性は、紫旗だけだ。

「しかし、夫人が大逆罪と秤にかけても庇う相手だ。簡単には聞き出せまいが……」

「殺すなよ。あと、燃やすな」

「口を出すな、青二才」

明花は笠《かさ》を被《かぶ》り、貴賓室の窓からひらりと外に出た。

廊下の下の柱に身を隠しながら、進んでいく。

鄭夫人は離れの一室にいる。周囲は宮女たちに囲まれていた。

そこに一人の宮女がやってきて、池に面した窓の横にいた者と交代する。

あれは照柯だ。なにに化けるのも上手《うま》い。

明花は柱に手をかけ、するすると照柯のいる窓辺まで上った。

「紙の焦げる臭いがします。証拠の品を処分しているのかもしれません。止めますか？」

「いや、いい。死なれるよりましだ。——日が落ちるまでに済ませる」

囁《ささや》き声で伝え、明花は窓から内部へと入り込んだ。

——火だ。

鄭夫人が燭台《しょくだい》の火で紙を燃やしていた。

「ずいぶんと悠長な話だな」

静かに声をかけると、鄭夫人はびくりと身体を強張《こわば》らせた。

火のついた紙が、机に落ちる。「あ」と小さく声を上げ、夫人は慌てて手近にあった盆を押し当てた。悲鳴を上げなかったところを見ると、驚きよりも、秘さねばという思いが勝ったようだ。

「誰？……あ……義姉上《あねうえ》様？」

笠を被ったままだったが、鄭夫人はすぐに侵入者の正体に気づいた。

「こうしたことは、実行前に済ませておくものだろう」

「……そうとご存じならば、奪ってご覧になればよろしいのに」

「それを奪われるのと、自らの口で説明するのと、どちらがいい？　選ばせてやる」

明花は笠を傾け、二本抜いた簪《かんざし》で、机の上の文を挟んだ。

燭台にかざせば、またたく間に文は燃え上がる。

最後の一枚が燃え尽きるまで、鄭夫人はなにも言わずにその炎を見つめていた。

「憎い相手でございましょうに。どうして、私を助けてくださるのです？」

「呪符と紛香を、そなたの手に渡した者を知りたい」

「文をご覧になれば、道士の名もわかりましたものを」

「そこまで悪趣味ではない」

う、と鄭夫人が顔を覆い、泣きだした。

嗚咽だけがしばし続いたあと、夫人はかすれた声で「言えませぬ」と言った。

「お許しを。どうあっても私には、道士の名を申し上げることができません」

「その道士……今、離宮の近くにいるな？」

鄭夫人は、ハッと息を呑《の》んだ。

「どうして……」

「あれほど強い呪詛が後宮内に持ち込まれていれば、仙道士がすぐにも気づく。仙道士も共謀したか、仙道士ではない道士から、離宮の近くで受け取ったか。どちらかだろう。そのどちらであるかが、最も重要な問題だ。これだけ答えてくれ。そなたが呪詛を依頼したのは、仙道士か？」

鄭夫人は、道士を庇《かば》っている。

利発な男児を養子とし、郷試を受けさせる貴族や商人が多いのと同じで、見目麗しい女児を養子とし、入内《じゅだい》を狙う貴族も少なくはない。

どこかで聞いた話だが、実の親が道士で、それを庇っている可能性も考えた。しかし、鄭夫人の表情からは、別種の情念が滲《にじ》んでいる。

恋であったか、愛であったかは知らないが。

そうとわかれば、相手の道士が仙道士とは考えにくい。仙人と人間とは、別種である。細やかに愛情を通わすことは困難だ。無論、例外はごく稀《まれ》に起きるが。

「私が依頼をしたのは、仙道士ではありません」

はっきりと鄭夫人は言った。

「誓って、違うな？」

「はい。誰ぞにそそのかされたわけでもなく、実家も関わりはございません。仙道局とも無関係です。仙道士と会話をしたことさえございません。文を奪わずにいてくださった義姉上様には、決して嘘など申しませぬ。――違います」

首謀者が裏にいるわけではなく、自身が企てたことだ、と夫人は明言した。

昼間に見せた幼い態度が嘘のように、落ち着いた様子だ。

「そうか。そなたの口から答えを聞くことができて、助かった。礼を言う。……話はそれだけだ」

求めていた情報は、すべて手に入った。

鄭夫人は静かに泣いている。黄昏《たそがれ》時の薄暗さが、細い肩をより寂し気に見せていた。

そろそろ、灯《あか》りを入れに宮女が入ってくる頃だ。

明花は懐から手巾《しゅきん》を出し、机上の灰を集めた。長居をするつもりはない。

「義姉上様。私が道士の名を言えば、両親や親類は殺されずに済みますか？」

窓に手をかけたところで、鄭夫人に問われた。明花は笠を押さえたがら振り返る。

無視することもできた。日没前にここを出るつもりで、急いでもいた。

だが、どういうわけか、足は動かなかった。

「……紫旗もそなたも知るまいが、後宮の裁判というものは、おおよそ公正という概念を持たぬ。現場での捜査は一切なし。証言のみで事が決まる。そなたを憎む者が多ければ、口を閉ざすことが不利にもなるだろう」

「紫旗様を害したところで、寺暮らしになるだけ。私に利はありませぬ。どうして本気で毒など盛りましょうか？　私が刺し違えてでも殺したかったのは、憎い――憎くてならぬ、あの女だけでございます！」

夫人の濡《ぬ》れた瞳に、燃えるような憎しみが宿る。

「甘いな。それほど後宮の女たちに好かれている自信があるのか？　例えば……そうだな。そなたの父親が、洋明王《ようめいおう》から大臣の座を約束されての犯行、というのはどうだ。私が即座に思いつく程度のホラ話一つでも、九族の首が飛ぶ。洪夫人あたりは、どんな証言をするだろうな。それに比べれば、李伯慶はよほどマシな相手だ。鬼ではない。自らの口で道士の名を明かせ。そやつにすべての罪を着せればいい。大逆罪だけは避けられよう」

「道士は……殺されますか？」

「毒に呪詛《じゅそ》だぞ。一つでも牛裂きだ。極刑は免れぬ」

あぁ、と天を仰いで、鄭夫人は目を閉じた。

今度こそ窓から出ようとしたところ、夫人は思わぬ告白をはじめた。

「道士は、私を助けるために、手を貸してくれたのです。……道士の名は、范《はん》。范道士、と父は呼んでいました。私が幼い頃から邸《やしき》に出入りしていた、とても腕のよい道士です。義姉上様。どうか聞いてくださいませ」

明花は返事をしなかったが、拒絶もしなかった。

夫人は、静かに告白を続けた。

「入内したその日から、洪夫人は私に執拗《しつよう》な嫌がらせを繰り返しました。床に獣の毛をまき散らされ、茶に墨が混ぜられたことも。侍女の中には火傷《やけど》を負わされた者もいます。春の終わりには、実家から連れてきた蘭々《らんらん》――愛犬が惨《むご》く殺されました。我慢できなかった。あの女を絶対に殺してやる。そう誓ったのです」

――望んできた場所でもあるまいに。

狭い鳥かごに閉じ込められたあの美虹鳥と、この若い夫人。一体なにが違っただろうか。

「それで復讐《ふくしゅう》に道士を巻き込んだわけか。よくも危うい橋を渡ったものだな」

「范道士の思いを……利用しました。あの方はずっと私のことを思って……私は、そうと知った上で、文を送ったのです」

入内した思い人の懇願に、道士が命を賭《と》して応《こた》えた。なんとも陳腐な筋書きだ。

夫人の憎悪に燃える目は、再び悲しみに濡れる。

（どうりで壺《つぼ》が重かったわけだ）

あの重さには、道士の情念が詰まっていたのかもしれない。

「私が愚かでした。今ならばわかります。お助けください。范道士に呪詛を依頼したのは私です。呪詛だけでは不安で、毒も用意させました。私を心から案じ、助けようとする侍女たちを騙《だま》し、桂門まで来た道士から、呪詛と毒を受け取らせたのです。……悔いております。怒りと恨みに我を失い、愚かな真似を致しました。どうか、侍女たちと道士をお助けください。両親にも罪はありません。あぁ、いっそ私が、すべての罪を認めて自害でもすれば……」

「その時は、九族皆殺しだと思え。自害は不利だ」

コンコン、と扉が鳴った。灯りか、食事か。

明花は「あとにするように言え」と囁き声で言った。

「あとにしてください。半刻後に、改めて」

かしこまりました、と遠くで声が聞こえ、足音は遠ざかっていった。

「救えるのは、道士か、家族か。どちらか一方だ」

「ですが……」

「道士の方も、永らえるつもりがあれば、このような真似はしないだろう。そうだな？」

「はい。……天涯孤独の身一つ。自分がすべての罪を被ると……」

酷な選択である。

だが、答えなど決まっているはずだ。恋であったか、愛であったか。道士一人と、両親を含めた一族。秤《はかり》にかけるまでもない。

震える手で、鄭夫人は懐から香袋を取り出した。

「道士の居所です。すべての事が終わるまで、ここにいると……聞いております」

中に入った紙片を取り出し、両手で明花に向かって差し出す。

明花は、その紙片を受け取った。

簾《すだれ》を上げ、窓の外で待機していた照柯に手渡す。

かすかな気配は、すぐに消えた。

「一つ、忠告をする。聞く聞かぬは自由だが、そなたが生きる道は他にない。今、これから、紫旗に己の口で伝えるのだ。すべて狂言であったと」

鄭夫人は困惑を顔に示し、首を横に振った。

「義姉上様。もう、遅うございます。紫旗様は私と会ってはくださいますまい。いつもそう。私が疎ましいのです。夕になるとお部屋に入ってしまわれて、語らう時間さえ持とうとなさらない。ましてこんなことになっては……会ってくださるとは思えませぬ」

それは違う、と言いかけた言葉を飲み込む。

夕に紫旗が部屋にこもるのは、妻が疎ましいからではない。

月明りの下では、明花と同じく、紫旗の行動も制限されるからだ。

しかし、夫人に真実を伝えることはできなかった。

「なんとかしてやる。すぐにこの部屋の灯りを倍に増やすよう宮女に頼め。いいな?」

鄭夫人は膝《ひざ》をつき、深く頭を下げた。ありがとうございました、ありがとうございました、と小さな声で繰り返しているのが聞こえた。

音を立てずに、窓から出る。

目の前には池が広がっていた。灰を包んでいた布を開けば、灰は風に乗って飛んでいく。

燃え残った紙片の端に、愛、の一字が見えた。

紙片を受け取った照柯が知らせたのだろう。ほの暗い庭には叔賢以下、恭五団の面々が集まっていた。

明花は笠《かさ》を押さえたまま、スッと桂門の方を腕で示した。

「これより、大逆罪を犯した道士、范を捕らえる。場所は湖《こ》邑《ゆう》、鴉《からす》小路の宿、満願屋《まんがんや》だ。二階の右端の部屋。最善は生きたままの捕縛。最悪でも証拠品を押収せよ。行け!」

「おゥ!」

恭五団は、湖邑を目指し出動した。

伯慶が北棟から駆けてくる。

「まさか……鄭夫人が吐いたのか？」

「あぁ。道士は湖邑に潜伏している。叔賢が向かった」

「信じられん！　どんな手を使ったのだ！」

「燃やした」

「は？　嘘だろ、おい！」

伯慶は弾《はじ》かれたように鄭夫人の部屋を見、火の気がないとわかると「脅かすな！」と抗議した。

「これから私も湖邑に向かう。……生きているとも思えんが」

「俺も行く」

「いや、お前は紫旗に付き添い、鄭夫人の自白を聞け。当人の到着より早く、興京に報告書を届けるのだ」

「そこまで誘導したのか。……驚いた」

夫人の誘導はできた。だが、一つ問題が残っている。

森の端が明るい。雲のない夜空に、間もなく月が姿を見せるだろう。

「李伯慶。お前に一つ、頼みがある」

「任せろ」

「まだなにも言っていない」

「なんでも構わん。貴女《あなた》の頼みならば、紫旗様に必要なことだろう」

ずいぶんと話が早い。こんな時だが、明花は笑ってしまった。

仙人のなんたるかも知らない男に、紫旗の秘事を任せることになるとは、半日前までは想像もしていなかった。だが、不安は感じない。

「貴賓室に、私のこれと同じ笠がある。それを、斎室を出る前に、紫旗に被《かぶ》らせてくれ」

「あぁ、わかった。任せておけ」

聞き返すことも、真意をたしかめることもなく、伯慶は薄い胸を叩《たた》いた。

「頼んだぞ」

明花は、塀に向かって走った。

辺りにある目は、伯慶のものだけだ。速度を落とす必要もない。

塀をひと跳びに越え、暗い森に入る。

木々の間を、明花は駆けた。

恭五団が駆けるのと並び、途中で追い抜いた。

遠く見えていた湖邑の町灯りが、ぐんぐんと近づいてくる。

町外れで森が尽き、街道に下りた。

水運が発達しているため、桂門界隈《かいわい》の陸路は町の規模に比して細く、人気も少ない。

静かな町を、闇に紛れて進む。

——ここだ。

鴉小路。満願屋。宿の前で明花は、二階を見上げる。

裏に回ろうとしたところ、ひらりと目の前に影が降ってきた。

笠で顔を隠した照柯である。

どうだった？　と問うより前に、照柯は黙って首を横に振った。

己の運命を悟っていたのだろう。大逆人が楽に死ねるはずもない。自死という選択は、賢明であるようにも思えた。

「毒の入手経路や、呪詛の式の草稿らしきものが、わかりやすく書き置いてありました。遺書も、机の上に」

「なんと書かれていた？」

「『すべての罪は己に有り』と。あとは、ありふれた政道批判です。大逆罪を犯すには、多少物足りない程度の内容でした。確認されますか？　服毒しておりましたので、空気は汚れておりません」

明花は二階の窓を、笠を押さえながら見上げた。

「いや、いい。あとは叔賢らに任せる」

確認すべきことなど、もはやない。

范という道士は己の命をまっとうした。

思い人を虐げる悪女を倒すために、命を賭《と》したのだ。

（バカバカしい。いい迷惑だ）

チッと薄絹の下で舌打ちをしたあとは、もう後ろを振り返らなかった。

離宮に戻る、と伝えて、明花は再び闇の中に紛れた。


虫の声もまばらな、静かな夜だ。

明花は一人、貴賓室の長椅子に座って酒を飲んでいた。

簾ごしの風が心地よい。

卓に瓶子《へいし》が十本置いてあるが、すべて空いている。それ以前に空けた瓶子は、照柯が下がる時に片づけていったので、実際に飲んだ量はこの数よりも多い。

最後の一本を傾けていると、外で声がした。

「祥明花。いるか？　俺だ」

簾の向こうにかすかな影が映る。

「あぁ。ここだ。済んだか？」

「すべて終わった。先ほど報告書を、早馬で送ったところだ。……貴女が入れ知恵をしたんだな？　人が変わったように落ち着いていたぞ」

「もともと知恵の回る小娘だ。保身には長《た》けているのだろう」

明花ははぐらかし、伯慶もそれ以上は続けなかった。

伯慶は窓の下で、壁を背にして座っているようだ。声の位置が低い。

「月が美しい」

「そうか」

中庭に面した廊下だ。月が湖面に映っているのだろうか。

明花は、月を愛《め》でるために夜空を見上げたことがない。月夜は、人と己とを、より遠く隔てる機会でしかなかった。

「――紫旗様は、日が没したのちに寝所を出られたことがないそうだ」

「手間をかけたな。それで、紫旗は？」

「夫人と過ごしておられる。こうして、俺がしているようにな」

「……そうか」

夫婦が二人だけで過ごす、最後の時間だ。

十七歳と十二歳。添って七ヵ月余りの短い縁だった。

「見事な幕引きだ。すべてが明らかになった。まさしく万事解決。本当に世話になったな。

あぁ、それと、約束していた記録の件は任せてくれ。貴女の痕跡《こんせき》は完全に消しておく」

トポトポと音がしたので、伯慶は手酌で飲んでいるようだ。

「あぁ、任せる」

「よい夜だ。憂いは去り、紫旗様が次期皇帝となるための道はいよいよ整った。手を組めてよかったと心から思っている。これからも末永くよろしく頼む」

伯慶の声は、すっかり浮かれている。

明花は小さくため息をついた。

「言っておくが、私は必ずしも紫旗の即位を願っているわけではない。今後も利害が一致するなどと思うなよ。今回きりだ」

「紫旗様を大切に思っているのだろう？　なぜご即位を望まない？」

「私は、彼が農夫になりたいと望むならば、どこぞに土地を買い、与えるだろう。今、彼自身が紫旗であることを望んでいるがゆえに助けている。それだけだ」

へぇ、と伯慶は軽い相づちをうちながら、また手酌で酒を注いだ。

「貴女も飲むか？　よい酒だ」

明花は簾をわずかに上げ、黙って杯を差し出す。「おっと失礼」瓶子の口から、勢いよく出た酒が、指を濡《ぬ》らした。

どうやら、酔っているらしい。

「……この国も、そう長くもつまい。『最後の皇帝』は辛《つら》かろう。そんなものを望む身内がいるものか」

多少、明花も酔っている。相手も酔っていると思うと、自然と口は軽くなった。

「縁起でもないことを言うな」

「国庫は空。賄賂《わいろ》に犯罪。隣国との関係は一触即発。英明な君主が一人出たところで、挽回《ばんかい》などできん。お前も危うさに気づいていないわけではないだろう？」

ふぅ、と息を吐いたあと伯慶は立ち上がったようだ。「恐れ多くも、今上陛下よりもよく知っているつもりだ」と言っている間に声の位置が上に移る。

「『最後の宰相』も過酷だろうに。最近は、郷試に受かれば国試を目指さず、留学を望む者が多いと聞く。そのまま亡命するつもりでな」

「この国でなければ意味がない。生まれ育ったこの国で、名を挙げてこその本懐だ」

存外、義理堅いことである。勝手にしろ、と明花は吐き捨て、瓶子に残った酒を杯に注いだ。青くさい夢だの希望だのは、耳に障るばかりだ。

「それで？　位人臣を極めて富貴をほしいままにするわけか？」

「違う。俺はこの国を救う英雄になる。史書に名を残すのだ。賄賂役人どもを撲滅し、傾いた財政を立て直してみせる。富むべきは国だ。俺個人ではない」

「史書に名など残してどうする？　国などいずれ滅ぶ。今立て直したところで――」

明花の言い終わるより先に、伯慶は「それは違う」と言葉を被せてきた。

「諦観《ていかん》は美徳ではないぞ、祥明花。俺は、俺の知恵と能力で国を救ってみせる。この国で生きる民が、今より一人でも豊かになるならば、俺の政治に意味はあるのだ。労には富ではなく、史書に残す名で報いてくれればいい。そうすれば――俺の子孫は、俺に連なる者であることを誇りに思うことだろう」

やはり、酔っているようだ。

道士の子として生まれた国試一等の秀才――李伯慶という男の、飢えがむき出しになっている。

「お前、酒は過ごさん方がいい。口が軽くなっているぞ」

伯慶は笑って「聞いているのは、あの月くらいだ」と突然気障《きざ》なことを言いだした。嫌な酔い方である。

「そういえば、随員で来ていた役立たずの貴族どもがいただろう？　あいつら、公主様のお美しさを、千語を連ねて褒め称《たた》えていたぞ。なるほど、貴女を探す間、お美しいとしか情報が入らなかったわけだ」

「知るか」

それこそ、どうでもいい話だ。明花は杯を干した。

「諦《あきら》めなくてよかった。しばらく白包《まんじゅうのかわ》続きになるが、悔いはない。貴女を探し出せたのだから。あの時、俺は凡庸な能吏ではなく、天下の英雄となる運命を手に入れたのだ。心から感謝している。祥明花。この恩は忘れない」

彼が英雄になろうが、亡国の宰相となろうが知ったことではない。

だが、今回の件に限って言えば、明花にとっても李伯慶という男は有益だった。

「こちらの都合で手を組んだまで。貸しも借りもなしだ。まぁ、金がないなら、楼《みせ》で飯くらいは食わせてやる」

「それはありがたい。なによりの厚意だ」

伯慶は声を上げて笑った。

酔っているだけに、やけに大きく辺りに響く。誰に気づかれるかわかったものではない。

そろそろ帰れ、と明花は羽扇だけを簾《すだれ》の下から出して、伯慶を追い払った。

炸子鶏《とりのからあげ》がいい。それと、蟹芙蓉《かにふよう》。それと肉まんじゅうと……声が遠くなっていく。

足音が消えてから、ちらりと簾を上げる。

庭の池に浮かぶ月は、たしかに美しく見えた。

跋　無二の相棒

「飴《あめ》ー、飴ー、飴いらんかねー。冷やし飴はいらんかねー。美味《おい》しい、美味しい、冷やし飴ー。梅に李《すもも》ー。一番人気は杏《あんず》だよー」

今日も、桂門湖邑《けいもんこゆう》の北大路《きたおおじ》は賑《にぎ》やかだ。

飴屋の屋台が、勢いよく走り去っていく。飴を買おうとした童《こども》が「杏！　杏！」と叫びながら、銭を持って追いかけていった。

風鈴売りの屋台が、のんびりと茶館の下を通る。

羽扇をゆるりと動かしながら、明花《めいか》は人の行き交う北大路を見下ろしていた。

いつもの茶館。いつもの席だ。

そこに、いつものように恭叔賢《きようしゆくけん》がどっかりと座った。

「よォ」

この男の顔は年中黒いが、最近はとみに黒くなった。きっと趣味の釣りのせいだろう。

茶娘が、一礼して下がっていく。

「変わりないか？」

「おぅ。先月、獄から大物が出てきたからな。抑えが利いてる。今日の『掃除』もヤツからの情報がきっかけだ」

「それはなにより。あぁ、熊殺しの張《ちょう》が出てきたのだったな」

明花は話しながら茶杯を手に取る。今日の茶は、至峰《しほう》にした。苦味が強く、からりと暑い日の渇きに心地いい。

「で――聞いたか？　結局、あの宰相殿の一人勝ちだな」

叔賢は、杯に自分で茶を注ぎながら尋ねた。

明花は返事をせず、羽扇の下の唇をムッとへの字に曲げた。

「ここまで見事に利用されるとは思わなかった。まったくもって食えないヤツだ」

「頼もしいじゃねぇか。それが紫旗《しき》様のお味方だってんだからよ」

叔賢は愉快そうに笑っている。

明花は不機嫌な顔で、茶を飲んだ。

苦い。こんなに腹を立てながら飲むならば、もっと甘い茶にすればよかった。

「いつまで味方でいるやら、知れたものではない」

「なんにせよ、紫旗様の名だって傷つきゃしなかった。めでてぇだろ」

叔賢は茶杯に手酌で茶を注ぎ、ぐっと呷《あお》って「美味《うま》い」と言った。毎度毎度、適当なことを言う男である。

紫旗の名に傷はつかなかった。十二歳という年齢も幸いしたのだろう。世の人々は、紫旗の不徳ゆえに起きたこと、とは思わなかったようだ。汚職貴族が金を積み、奸婦《かんぷ》を送りこんだ——と夫人の実家や、夫人を推挙した役人に批判が集まっているという。

「気に入らん」

万事うまくいったと言えば言えるが、とにかく明花は面白くない。

叔賢は「まぁ、もう顔あわすこともねぇだろ」と言って茶杯を置いた。

たしかにその通りだ。

もう関わることもない。そうと思えば、多少気は楽になる。

「じゃ、夜に現地集合で頼む。兎小路《うさぎこうじ》、裏三番だ」

叔賢は帰っていき、明花は窓の外の北大路を見下ろす。

あの一件で伯慶《はくけい》に雇われた、変装が下手な小役人の姿がある。あれ以来、どういうわけか、恋する男の目で茶館の窓を見上げるようになってしまった。

その日も茶館を出るまで、ずっと通りの一角に留《とど》まっていた。ご苦労なことである。

いくつか、ついでの用事を済ませて帰る頃には、もう日が傾きかけていた。

角を曲がれば、祥福楼《しょうふくろう》の前に水色の袍《ほう》を着た少女の姿が見えた。双子の姉の方だ。

「どうした？　黄瑛《こうえい》」

胸を押さえて不安そうにしているので、姉妹を間違うことはなかった。妹の方はもっとどっしり構えている。

「あぁ、明花様。例の、あの男がまた来たのです」

「あの男？　まさか、あの男か」

「二階にお通ししようとしたら、渋るのです。理由をお尋ねしたところ、別料金か？　と確認されたとか。こちらの都合ですのでお代はもちろん結構です、とお伝えしたら、やっと動いてくれたそうです」

その金銭感覚。間違いない。あの男だ。

裏から入り、書斎に上がる。表の扉から階段を下り、二階の様子を見てみれば――

卓に広がった料理を豪快に頬張っているのは、官服姿の李《り》伯慶。その人である。

「なんで一国の宰相殿が、うちで食事をしてるんだ？」

山盛りの炸子鶏《とりのからあげ》に、樟茶鴨《かものくんせい》。翡翠蝦羹《あおなのあつもの》が並んだ卓をはさんで、明花は腰を下ろした。

「ただで飯を食わせてくれる約束だったろう？　いや、この炸子鶏は最高だ。美味い。これで銅二銭とは信じられん。良心的だ。三銭まで上げても、十分素晴らしい」

記憶の限りで、彼は半月前に譲璧式《じょうへきしき》を終え、正式に基照国《きしょうこく》の宰相になったはずだが。

彼がいるべきは黄天城《こうてんじょう》の清明殿《せいめいでん》であって、桂門湖邑の酒楼ではない。

「飯を食いに来ただけではないな？」

「まぁな。ここは人の耳もある。階上《うえ》で話そう」

明花は、渋々下ろしたばかりの腰を上げた。

——事の顚末《てんまつ》は順次届いていたが、最終的に情報が出そろったのが一昨日のことである。

離宮における紫旗暗殺未遂事件は、范《はん》道士による犯行であった——という結論は、ごく早期に決した。

范道士は、恵州《けいしゅう》の高官や商人の多くを客とする、腕ききの道士だった。

明花は夫人の年齢から推測して、若い男だとばかり思っていたが、五十過ぎの白髪頭だったそうだ。そのせいか、夫人との関係について追及されることはなかったようである。

范道士が自死した桂門の宿には、多くの証拠品が残っていた。遺書に政道批判も書かれており、罪の決定は速やかに行われたという。

——范道士は政治的な不満から、入内《じゅだい》した顧客の娘をそそのかし、紫旗暗殺を画策した大逆人である、と。

軀《むくろ》は慣例に従って罰せられたと聞いている。慣例に従えば、八つに裂かれ、首を晒《さら》され、バラバラに焼かれ、それぞれの灰を山やら川やらに散らされたことだろう。本人の言葉通り天涯孤独で、連座する者も出なかった。代わりに墓所が破壊されるのが慣例だが、貧民に先祖を祀《まつ》る廟《びょう》などあるはずもなく、身一つの処分に留まったようだ。

鄭《てい》氏は夫人の位を剝奪《はくだつ》され、後宮内に幽閉されている。

子宝に恵まれるようにまじないをしただけだ、との主張は終始一貫しているそうだ。

忠義者の侍女たちも、命を失わずに済んだ。紫旗のとりなしが功を奏したのだろう。今後は主従共に髪を下ろし、寺で生涯を過ごすものと目されている。

そこまではいい。問題は以下である。

後宮の女が事件を起こした場合、取り調べは自動的に実家に及ぶものだ。恵州刺史《しし》を務める鄭氏の実父・鄭敬範《ていけいはん》のもとにも、宮廷から調査団が派遣された。この聞き取り調査の最中に、偶然、数々の収賄が明るみに出た。現在追加調査中だという。よくいって罷免、最悪の場合は庶人に落とされることもあり得るそうだ。首魁《しゅかい》の陥落で、芋づる式に恵州の各城内の腐敗も暴かれはじめた。多くの汚職役人たちが次々検挙されているという。

さらに想定外だったのは、鄭氏と共に洪《こう》氏も夫人の位を剝奪されたことであった。

「洪夫人の所業まで、報告書に書いたのはお前だな？」

三階の書斎に入るなり、明花は伯慶に尋ねた。

「ありのままを書いたまでのこと。嘘はついていない」

伯慶は長椅子に腰を下ろし、不敵に笑った。

「犬の件まで書いただろう」

「ただの事実だ。調査もしたぞ」

鄭夫人の告白をもとに作成された報告書には、随行の経緯も書かれていたそうだ。洪夫人が入内以来、度重なる嫌がらせを仕掛けてきたこと。鄭夫人の愛する犬を殺したこと。それらを踏まえ、鄭夫人は、洪夫人より早く孕《はら》まねばならない、と思いつめるようになっていた。そのため、決死の覚悟で、愛犬殺害の件を盾に、離宮への随行を譲るよう、洪夫人を脅した——と。

この愛犬の殺害に、毒物が使われたことまで報告書には書かれていたそうで、にわかに事は大きくなった。後宮内への毒物の持ち込みは、それ自体が重罪である。

すぐに洪夫人の実家にも調査が入った。

その高州《こうしゆう》軍の長官である洪紀承《こうきしょう》だが、こちらも鄭敬範に負けず劣らずの汚職役人であった。ここでも調査の最中、次々に汚職事件が発覚し、大きな騒ぎに発展した。

一連の汚職役人大量逮捕に桂門は沸いた。なんといっても桂門出身の新宰相の差配だ。桂門に留まらず、四十州のあちこちで拍手喝采《かっさい》が起きたそうである。

就任早々、李伯慶は名を上げた。

「目論見《もくろみ》通り、汚職役人を一網打尽というわけか」

「一挙両得。これも『掃除』だ。紫旗様のためにもなるだろう。お互い損はない」

今回の件は紫旗の損になっていないばかりか、妊婦を退けた聡明《そうめい》な跡継ぎとして、紫旗の名はかえって高まった感がある。たしかに『掃除』だ。

だが、明花の柳眉《りゅうび》は寄せられたままだった。

「それで、今日は一体なんの用だ？　二度と貴様のような陰険な役人に利用されるのはご免だぞ」

「貴女《あなた》も俺を利用すればいい。役に立つぞ？　これを見ろ。紫旗様より密《ひそ》かにお預かりした文だ」

伯慶が懐から無造作に取り出したのは、一通の文である。

仙道局《せんどうきょく》は、紫旗と明花が接触することを好まない。宮廷からの書簡は届かないし、こちらから届けることも阻まれている。これは、明花が初めて受け取る紫旗からの文だ。

「――よこせ」

急ぎ広げた紙面に書かれているのは、彼らしいおおらかな字だ。

先ほどの渋面はどこへやら。頬には柔らかな笑みが浮かぶ。

内容は単純だった。離宮での一件に対する謝罪。無事でよかった。姉上様が息災であれることが、心の支えです。来年、またお会いできることを心待ちにしております。

優しい、丁寧な言葉が並んでいる。

来年、また。

もう二度と会わぬ方がよいのではないか――という思いを、今だけは忘れた。

きっと来年は、もっと背が伸びている。声も変わっているかもしれない。

「公務で、しばらく桂門にいる。東佳殿《とうかでん》の宮女候補の面接でな。返書があれば預かろう」

あぁ、それか、と明花は伯慶がここにいる意味を理解した。

　夫人が二人廃され、紫旗には現在妻がいない。

　紫旗の妻は、一貴人、二夫人、の三人と定められている。長い不在は不吉とされるので、急ぎ候補者を集めることになったのだろう。

「宮女選びに宰相殿自らがおでましとは。ご苦労なことだ」

　自身の出身地から、宮女候補を集めてくるのは清明殿の役人の仕事である。

「弱小国の宰相が、宮廷でふんぞり返ってもしょうがないだろ。宮女選びは政治だ。外戚《がいせき》に滅ぼされた国など枚挙にいとまがない。程よい忠義心と、安定した経済力のある貴族の娘から選ばねば」

　明花が願うのは、紫旗の幸せだけだ。

　事件からそう日数も経っていない。心の傷が癒《い》える間もなく、次の妻を用意されるのが、不憫《ふびん》に思える。そしてその感情は、最寄りの役人に対する苛立《いらだ》ちへと変わった。

「用が済んだらとっとと帰れ」

　しっしっと手で払う。

「まだ飯の途中だ。叉焼肉《やきぶた》も食べていない。――それに、紫旗様の妻はなまじの娘では務まらんだろう。人柄も選ばねば、また不幸が起きる」

　明花は聞こえるように舌打ちした。

忌々《いまいま》しいが、紫旗の横に立つのに、この男ほど適任な者はいないだろう。

実に不本意な評価ではあるが、無二の存在なのである。お互いに。

「飯を食ったら帰れよ」

「まぁ、そう言うな。今後ともよろしく頼む。相棒に損はさせせん」

伯慶が、爽《さわ》やかな笑顔で手を差し出してくる。

「……なにが相棒だ。紫旗のため以外では、指一本動かすつもりはないぞ」

明花は渋々、その手に一瞬だけ応《こた》えた。袖《そで》飾り越しに。

そこへ、奥の扉から照柯《しょうか》が入ってくる。すぐに離れたとはいえ、二人が握手をしているのに、やや驚いたようだ。怪訝《けげん》そうな顔で伯慶に拱手《きょうしゅ》をしていた。

「明花様。そろそろ」

さて。『掃除』の時間だ。十日ほど前につかんだ情報では、陽嘉国《ようかこく》から酒類の密売組織が流れてきたという。酒、といっても怪しげな代物で、麻薬と大差ない。

「出かけるのか？　燃やすなよ」

「口を出すな。若造」

手を振る伯慶に、ぷいと背を向け明花は窓辺に寄った。

笠《かさ》を被《かぶ》ると、ひらり、と窓から身を躍らせる。

音もなく楼《みせ》の裏に着地して、明花は夜空を見上げた。丸い月が明るい。

月光を浴びたその目が、燐光《りんこう》のように怪しく光る。
すぐに明花は笠を下げ、淡い光は笠の陰に隠れた。
とん、と軽やかに木戸を飛び越える。
緑峰《りょくほう》の髪。呉景《ごけい》の肌。値万金。
その姿は、名匠による一幅の画《え》のごとく美しかった。

了

あとがき

こんにちは、喜咲冬子《きさきとうこ》です。

『華仙公主夜話』、この度お届けできますこと、大変嬉《うれ》しく思っております。

アジアの武俠《ぶきょう》映画のような世界で物語を書いてみたい、とずいぶん以前から思っていたような気がするのですが、書くのは今回が初めてです。

最初に作ったプロットの段階で、李伯慶《りはくけい》は、郷試に五度失敗した不運な男……という設定でした。今年こそは、と意気込んだ、最後のチャンスの途中に山賊に攫《さら》われてしまい途方に暮れていると、そこに謎の美女が現れて――という感じで。

そこから様々な過程を経て、最終的には腹黒な国試一等のエリートになりました。スペックが五百倍くらいになっています。

明花《めいか》の方は、あの性格ありきで作った話だったので、どの段階でも腕力全開でした。

アジアの武俠映画には、美しい女性がたくさん出てきます。

美しく、強く、激しく。

美貌《びぼう》もさることながら、ワイヤーアクションで衣類がひらひらと舞う演出が本当に綺麗《きれい》なのです。

そんな都合で、明花の衣類もよくひらひらさせております。皆さまの脳内でも、ひらひらと美しく舞わせていただけましたら嬉しく思います。

好きなものを目いっぱいつめこんだ作品となりました。

書籍の刊行までに携わってくださいました皆様に心より感謝申し上げます。

美しくゴージャスな明花を描いてくださった上條《かみじょう》ロロ先生。ありがとうございました。

そして、本書を手にとってくださった皆様に、厚く厚く御礼申し上げます。

なんでも腕力と火力で解決しがちな絶世の美女と、吝嗇家《りんしょくか》の若きエリート宰相の、凸凹コンビ。お楽しみいただけましたら幸いです。

庭の残雪を眺めつつ卯月《うづき》に。　喜咲冬子